D1408035

Patrick Modiano

Des inconnues

Gallimard

I

subjectif

Cette année-là, l'automne est venu plus tôt que d'habitude avec la pluie, les feuilles mortes, la brume sur les quais de la Saône. J'habitais encore chez mes parents, au début de la colline de Fourvière. Il fallait que je trouve du travail. En janvier, j'avais été engagée pour six mois comme dactylo à la Société de Rayonne et Soierie, place Croix-Paquet, et j'avais économisé l'argent de mon salaire. J'étais partie en vacances à Torremolinos, au sud de l'Espagne. J'avais dix-huit ans et je quittais la France pour la première fois de ma vie.

Sur la plage de Torremolinos, j'avais fait la connaissance d'une femme, une Française, qui vivait là depuis plusieurs années avec son mari et s'appelait Mireille Maximoff. Une brune, très jolie. Elle et son mari tenaient un petit hôtel où j'avais pris une chambre. Elle m'avait expliqué qu'elle ferait un long séjour à Paris, l'automne prochain, et qu'elle logerait chez des amis dont elle m'avait donné l'adresse. Je lui avais promis d'aller la voir à Paris, si j'en avais l'occasion.

Au retour, Lyon m'a paru bien sombre. Tout près de chez moi, à droite, sur la montée Saint-Barthélemy, se trouvait le pensionnat des Lazaristes. Des bâtiments construits à flanc de colline et dont les façades lugubres dominaient la rue. Le portail était creusé dans un grand mur. Pour moi, Lyon de ce mois de septembre-là, c'est le mur des Lazaristes. Un mur noir où se posaient quelquefois les rayons du soleil d'automne. Alors, ce pensionnat semblait abandonné. Mais sous la pluie, le mur était celui d'une prison et j'avais l'impression qu'il me barrait l'avenir.

J'ai appris par une cliente de la boutique de mes parents qu'une maison de couture cherchait des mannequins. D'après elle, c'était payé huit cents francs par mois, deux cents francs de plus qu'à la Société de Rayonne et Soierie. Elle m'a donné l'adresse, et j'ai décidé de m'y présenter. Au téléphone, une femme m'a dit d'une voix autoritaire de venir une fin d'après-midi de la semaine prochaine au 4 de la rue Grolée.

Les jours suivants, j'ai fini par me persuader que je devais faire ce métier de mannequin, moi qui n'y avais jamais songé auparavant. Ainsi aurais-je peut-être une bonne raison de quitter Lyon pour Paris. À mesure que se rapprochait l'heure du rendez-vous, j'étais de plus en plus anxieuse. Ma vie se jouerait à pile ou face. Je me disais que si je n'étais pas engagée, il ne se présenterait plus d'autre occasion comme celle-là. Est-ce que j'avais une petite chance ? De quelle manière s'habiller pour passer l'examen ? Je n'avais pas le choix. Mes seuls vêtements un peu soignés étaient une jupe grise et un chemisier blanc. J'ai acheté des chaussures bleu marine à petits talons.

La veille au soir, dans ma chambre, j'ai mis le chemisier blanc, la jupe grise, les chaussures bleu marine et j'étais là, debout, immobile, devant la glace de l'armoire à me demander si cette fille, c'était bien moi. Cela m'a fait sourire, mais le sourire s'est figé à la pensée que, demain, on déciderait de ma vie.

Je craignais d'être en retard au rendez-vous et j'étais partie de chez moi une heure à l'avance. Place Bellecour, il pleuvait et je me suis réfugiée dans le hall de l'hôtel Royal. Je ne voulais pas me présenter à la maison de couture les cheveux mouillés. J'ai expliqué au concierge de l'hôtel que j'étais une cliente et il m'a prêté un parapluie. Au 4 de la rue Grolée, on m'a fait attendre dans une grande pièce aux boiseries grises et aux portes-fenêtres protégées par des rideaux de soie de la même couleur. Une rangée de chaises était disposée contre le mur, des chaises en bois doré avec un capiton de velours rouge. Au bout d'une demi-heure, je me suis dit que l'on m'avait oubliée.

Je m'étais assise sur l'une des chaises et j'entendais tomber la pluie. Le lustre jetait une lumière blanche. Je me demandais s'il fallait que je reste là.

Un homme est entré, la cinquantaine, les cheveux bruns ramenés en arrière, une petite moustache et des yeux d'épervier. Il était vêtu d'un costume bleu marine et il portait des chaussures de daim foncé. Quelquefois, dans mes rêves, il pousse la porte et il entre, les cheveux toujours aussi noirs après trente ans.

Il m'a priée de ne pas me lever et il s'est assis à côté de moi. D'une voix sèche, il m'a demandé mon âge. Est-ce que j'avais déjà travaillé comme mannequin ? Non. Il m'a demandé d'enlever mes chaussures et de marcher jusqu'aux fenêtres, puis de revenir vers lui. J'ai marché et je me sentais très embarrassée. Il était penché sur sa chaise, le menton sur la paume de sa main, l'air soucieux. Après cet aller-retour, je suis restée debout devant lui, sans qu'il me dise rien. Pour me donner une contenance, je ne quittais pas du regard mes chaussures, au pied de la chaise vide.

— Asseyez-vous, m'a-t-il dit.

J'ai repris ma place, à côté de lui, sur la chaise. Je ne savais pas si je pouvais remettre mes chaussures.

— C'est votre couleur naturelle ? a-t-il demandé en désignant mes cheveux.

J'ai répondu oui.

— Je voudrais vous voir de profil.

J'ai tourné la tête en direction des fenêtres.

— Vous avez un assez joli profil...

Il me l'avait dit comme s'il m'annonçait une mauvaise nouvelle.

— C'est tellement rare, les jolis profils.

Il paraissait exaspéré à la pensée qu'il n'y eût pas assez de jolis profils dans le monde. Il me fixait de ses yeux d'épervier.

— Pour des photos ce serait très bien, mais vous ne correspondez pas à ce que recherche monsieur Pierre.

Je me suis raidie. Avais-je encore une toute petite chance ? Peut-être demanderait-il son avis à ce monsieur Pierre qui était le patron sans doute. Que recherchait-il exactement ? J'étais bien décidée à me conformer à tout ce que voulait monsieur Pierre.

— Je regrette... Nous ne pouvons pas vous engager.

Le verdict était tombé. Je n'avais plus la force de rien dire. Le ton sec et courtois de cet homme me faisait bien comprendre que je n'étais même pas digne qu'on demande son avis à monsieur Pierre.

J'ai remis mes chaussures. Je me suis levée. Il m'a serré la main, en silence, et m'a guidée jusqu'à la porte qu'il a ouverte lui-même pour me laisser le passage. Dans la rue, je me suis aperçue que j'avais oublié le parapluie, mais cela n'avait plus aucune importance. Je traversai le pont. Je marchai sur le quai, le long de la Saône. Puis je me suis retrouvée, près de chez moi, montée Saint-Barthélemy, devant le mur des Lazaristes, comme souvent dans mes rêves, les années suivantes. On n'aurait pas pu me distinguer de ce mur. Il me recouvrait de son ombre et je prenais la même couleur que lui. Et personne, jamais, ne m'arracherait à cette ombre. Par contraste, le salon de la rue Grolée, où l'on m'avait fait attendre, baignait dans la lumière du lustre, une lumière crue. Le type en costume bleu et chaussures de daim n'en finissait pas de quitter la pièce, à reculons. On aurait dit un vieux film que l'on passe à l'envers.

Toujours le même rêve. Au bout de quelques années, le mur des Lazaristes était moins sombre et, certaines nuits, un rayon de soleil couchant l'éclairait. Dans le salon de la rue Grolée, le lustre répandait une lumière douce. Le costume bleu de l'homme aux yeux d'épervier semblait bien pâle, délavé. Son visage aussi avait pâli, sa peau était presque translucide. Seuls les cheveux restaient noirs. Sa voix s'était cassée. Ce n'était plus lui qui parlait, mais un disque qui tournait. Les mêmes paroles se répé-

14

taient pour l'éternité : «votre couleur naturelle... Mettez-vous de profil... Vous ne correspondez pas à ce que recherche monsieur Pierre», et elles avaient perdu leur sens. Chaque fois, à mon réveil, je m'étonnais que cet épisode de plus en plus lointain de ma vie m'ait causé une telle déception et m'ait rendue si malheureuse. J'avais même pensé, quand je traversais le pont ce soir-là, me jeter dans la Saône. Pour si peu de chose.

Je n'avais même plus le courage de rentrer chez moi, de retrouver mes parents et l'armoire à glace de ma chambre. J'ai descendu les escaliers vers la vieille ville comme si je prenais la fuite. De nouveau, je marchais sur le quai, au bord de la Saône. Je suis entrée dans un café. Je gardais toujours sur moi le bout de papier où Mireille Maximoff avait écrit l'adresse et le numéro de téléphone de ses amis à Paris. Les sonneries se succédaient sans que personne ne réponde et, brusquement, j'ai entendu une voix de femme. Je restais muette. Puis, j'ai quand même réussi à dire : « Est-ce que je pourrais parler à Mireille Maximoff ? » d'une voix blanche que l'on ne devait pas entendre, là-bas, à Paris. Elle était absente pour le moment mais elle serait là un peu plus tard, dans la soirée.

Le lendemain, j'ai pris un train de nuit à la gare de Perrache. Le compartiment était plongé dans l'obscurité. Des ombres dormaient sur la banquette, tout au fond. Je me suis assise près du couloir. Le train restait à quai et je me demandais si, vraiment, on me laisserait partir. J'avais l'impression de faire une fugue. Le wagon s'est ébranlé, j'ai vu disparaître la Saône et je me suis sentie délivrée d'un poids. Je ne crois pas que j'aie dormi cette nuit-là, ou alors d'un demi-sommeil lorsque le train s'est arrêté, sans qu'on sache pourquoi, le long d'un quai désert à Dijon. Dans la lumière bleue de la veilleuse, je pensais à Mireille Maximoff. Pas un jour sans soleil, là-bas, sur la plage de Torremolinos. Elle m'avait dit qu'à mon âge, elle habitait dans une petite ville des Landes dont j'ai oublié le nom. La veille du baccalauréat, elle s'était couchée très tard et le réveil n'avait pas sonné. Elle avait dormi jusqu'à midi au lieu de passer son baccalauréat. Plus tard, elle avait fait la connaissance d'Eddy Maximoff, son mari. C'était un grand et bel homme d'origine russe que l'on appelait « Le Consul » et qui avait l'habitude de boire un mélange de Coca-Cola et de rhum. Il voulait m'en servir à l'heure de l'apéritif, mais chaque fois je lui disais que je préférais le Coca-Cola tout simple. Il parlait français sans accent. Il avait vécu à Paris, et j'avais oublié de demander à Mireille Maximoff par quel hasard ils étaient tous deux en Espagne.

Je suis arrivée très tôt. À la gare de Lyon, il

faisait encore nuit. D'ailleurs, les premiers temps que j'ai passés à Paris, il me semble qu'il faisait toujours nuit. Je n'avais qu'un sac de voyage qui était léger à porter. Ce matin de mon arrivée, j'étais assise dans un café de la place du Trocadéro avec Mireille Maximoff. J'avais attendu au buffet de la gare qu'il soit dix heures pour lui téléphoner. Elle n'avait pas compris tout de suite d'où je l'appelais. J'étais la première dans le café. Je craignais qu'elle me témoigne de la froideur quand je lui avouerais que je ne savais pas où habiter. Elle s'est avancée vers moi avec un sourire comme si elle venait me rejoindre sur la plage. On aurait dit que nous nous étions quittées la veille. Elle paraissait contente de me voir et elle me posait des questions. Je lui ai tout raconté : mon rendez-vous dans la maison de couture, la voix sèche du type aux yeux d'épervier, que j'entendais encore la nuit précédente, après Dijon, dans mon demi-sommeil : « C'est votre couleur naturelle ? Mettez-vous de profil... »

Et là, devant elle, j'ai fondu en larmes. Elle a posé sa main sur mon épaule et m'a dit que tout cela n'avait aucune importance. C'était comme le baccalauréat qu'elle avait manqué à dix-sept ans parce que le réveil n'avait pas sonné ce matin-là. Elle voulait bien me recueillir dans l'appartement de ses amis.

Nous avons traversé la place, et mon sac de

voyage n'était vraiment pas lourd à porter. Il pleuvait comme à Lyon, mais la pluie, elle aussi, me semblait légère. C'était au bout de la rue Vineuse. Les premiers jours, je gardais le papier où étaient écrits l'adresse et le numéro de téléphone, au cas où je me perdrais dans Paris. Un appartement aux murs clairs. Dans le salon, il n'y avait presque pas de meubles. Elle a ouvert la porte d'une petite chambre où l'un des murs était recouvert de rayonnages de livres. De l'autre côté, un canapé en velours gris. Pas d'armoire à glace. La fenêtre donnait sur une cour. Elle voulait chercher des draps mais je lui ai dit que ce n'était pas la peine, pour le moment. Elle a tiré les rideaux. J'avais posé mon sac de voyage près du canapé, sans l'ouvrir. Je me suis endormie très vite. J'entendais la pluie tomber dans la cour et cela me berçait. Je m'éveillais de temps en temps et chaque fois je glissais doucement dans le sommeil. Je suivais de nouveau la montée Saint-Barthélemy et à droite j'étais étonnée que le mur des Lazaristes ait disparu. Il ne restait plus qu'une trouée qui s'ouvrait sur la place du Trocadéro. Il pleuvait mais le ciel était très clair, bleu pâle. Les jours suivants, Mireille Maximoff m'emmenait avec elle dans Paris. Nous traversions la Seine et nous allions à Saint-Germain-des-Prés. Elle retrouvait des amis au Nuage, à La Malène. J'étais assise avec eux et je n'osais

18

pas ouvrir la bouche. Je les écoutais. Quelquefois, elle revenait vers sept heures du soir dans l'appartement et moi je restais seule tout l'après-midi. Je marchais jusqu'au bois de Boulogne. Il y avait souvent du soleil. Une pluie fine tombait sans que je m'en aperçoive tout de suite. Le soleil, de nouveau, sur les feuillages roux des arbres et dans les allées du Pré Catelan qui sentaient la terre mouillée. Au retour, il faisait déjà nuit. Une vague inquiétude me prenait à la pensée de l'avenir. Il me paraissait bien fermé comme si j'étais encore devant le mur des Lazaristes. Je chassais mes idées noires. On pouvait faire des rencontres dans cette ville. Le long de l'avenue qui menait du bois de Boulogne au Trocadéro, je levais la tête vers les fenêtres allumées. Chacune d'elles me semblait une promesse, un signe que tout était possible. Malgré les feuilles mortes et la pluie, il y avait de l'électricité dans l'air. Un automne étrange. Il est clos sur lui-même et détaché pour toujours du reste de ma vie. Là où je suis maintenant, il n'y a plus d'automne. Un petit port de la Méditerranée où le temps s'est arrêté pour moi. Chaque jour, du soleil, jusqu'à ma mort. Les rares fois que je suis retournée à Paris, les années suivantes, j'avais peine à croire que c'était la ville où j'avais passé cet automne-là Tout était alors plus violent, plus mystérieux les rues, les visages, les lumières, comme si je rêvais ou que j'avais absorbé une drogue. Ou bien, simplement, j'étais trop jeune et le voltage trop fort pour moi. À mon retour, ce soir-là, rue Vineuse, j'ai croisé dans l'escalier de l'immeuble un homme brun en imperméable. Je l'avais déjà vu avec les autres que nous allions retrouver à Saint-Germain-des-Prés. Il m'a reconnue et il m'a souri. Il avait dû raccompagner Mireille Maximoff dans l'appartement. J'ai sonné. Elle a mis longtemps à m'ouvrir. Elle ne portait qu'un peignoir d'éponge rouge et elle était décoiffée. Il n'y avait pas de lumière dans le salon. Elle m'a expliqué qu'elle s'était endormie. Je n'ai pas osé lui dire que j'avais croisé le type dans l'escalier. Une expression de langueur passait dans son regard, elle m'a prise par l'épaule et elle m'a embrassée. Elle m'a demandé ce que j'avais fait pendant l'après-midi et elle s'est étonnée que je me promène toute seule au bois de Boulogne.

— Il faudrait que tu trouves un amoureux, m'a-t-elle dit. Tu sais, il n'y a rien de mieux que l'amour.

J'étais d'accord avec elle, mais je n'osais pas lui dire qu'il faudrait aussi que je cherche du travail. Je ne voulais plus retourner à Lyon. Nous étions assises, toutes les deux, sur le divan du salon et elle n'avait pas allumé la lampe. Les lumières de l'immeuble d'en face nous laissaient dans la pénombre. Elle m'entourait l'épaule de son bras et la ceinture de son peignoir s'était dénouée. Elle sentait un parfum entêtant, peut-être de la tubéreuse. J'avais envie de me confier à elle, mais je gardais le silence. Personne ne savait que nous étions ici. Nous vivions en fraude. Elle s'était introduite par effraction dans cet appartement. J'avais peur. Je n'aurais jamais dû quitter Lyon. J'étais mal à l'aise dans ce salon vide. L'appartement n'avait pas été occupé depuis longtemps et des cambrioleurs avaient emporté les meubles. Elle m'a demandé pourquoi je paraissais si soucieuse. Alors, j'ai essayé de trouver les mots pour lui répondre. C'était gentil de sa part de m'avoir fait venir ici, mais j'avais l'impression d'être une intruse. Je m'étais déjà mise dans une situation difficile en quittant Lyon sur un coup de tête, et je ne voulais pas devenir un poids pour elle. Est-ce qu'elle informerait les propriétaires qu'elle m'avait accueillie ici ? Les connaissait-elle vraiment ? Pour parler franc, je me demandais quelquefois si toutes les deux nous avions bien le droit d'être là et je craignais que les propriétaires ne reviennent à l'improviste pour nous chasser. Elle a éclaté de rire. De sa voix douce, avec ce sang-froid et cette nonchalance que je lui enviais, elle a dissipé ma panique. La femme qui habitait ici était une amie de longue date. Une personne un peu fantaisiste qui avait été mariée avec un riche mar-

chand de fourrures. Et si je voulais tout savoir,
elle aussi, Mireille Maximoff, avait débarqué un
jour à Paris. Du train de Bordeaux. En ce
temps-là, elle était seule et pas plus vieille que
moi. Elle avait d'abord habité une chambre
dans un hôtel du quartier Latin et elle avait
rencontré cette femme quand elle s'était présentée à la suite d'une petite annonce, pour un
poste de vendeuse, dans le magasin de fourrures de son mari. Cette femme lui avait fait connaître tous les gens de Saint-Germain-des-Prés,
et son futur mari Eddy Maximoff. Elle les emmenait en week-end à Montfort-l'Amaury ou à
Deauville dans sa voiture américaine. C'était la
belle vie. Il n'y avait vraiment aucune raison
pour que je m'inquiète. Cette femme était très
contente de lui prêter l'appartement. Alors, j'ai
eu le courage de lui dire que je m'inquiétais
quand même pour mon avenir. Qu'est-ce que
je deviendrais à Paris sans travail ? Elle m'a regardée un moment en silence.

— Moi aussi, m'a-t-elle dit, j'avais peur
quand je suis arrivée à Paris. Mais les choses
finissent par s'arranger. Tu n'imagines pas ta
chance d'avoir ces années devant toi. Et puis,
je t'aiderai. Je connais des gens à Paris. Et tu
peux toujours partir avec moi en Espagne.

J'étais rassurée. Je sentais qu'elle me voulait
du bien. Il suffisait que je lui fasse confiance et
la vie serait belle. Un soir, nous sommes allées

au théâtre pour voir jouer une fille qui s'appelait Pascale. La pièce se déroulait de nos jours dans un château d'un pays imaginaire où quelques personnes élégantes se trouvaient bloquées à cause d'une tempête de neige. Tous portaient des vêtements de velours noir avec de grands cols blancs, les femmes avaient l'air de pages et les hommes d'écuyers. De temps en temps, la musique d'un clavecin. Le grand salon était éclairé par des candélabres, il y avait des meubles anciens et des toiles d'araignées, mais aussi le téléphone et, à la lumière des bougies, ces gens fumaient des cigarettes et buvaient du whisky en se parlant d'un air distingué. À la sortie du théâtre, il pleuvait. Nous sommes montées, Mireille Maximoff et moi, dans la voiture d'un de ses amis. Nous devions retrouver au restaurant d'autres amis à eux, et cette Pascale est venue nous rejoindre beaucoup plus tard. Elle était accompagnée par un homme très grand d'une quarantaine d'années aux cheveux blonds coupés en brosse. Il était metteur en scène de cinéma et il avait un visage sévère, presque une tête de mort. Il voulait engager cette Pascale pour un film dont ils ont tous parlé pendant le repas. Le metteur en scène racontait l'histoire, je ne comprenais pas grand-chose, il employait des mots savants, l'histoire de plusieurs couples qui se réunissaient dans une maison au Portugal puis dans un chalet aux sports d'hiver et dans un château de Bourgogne, les femmes toutes belles — disait le metteur en scène —, les hommes tous intelligents et, au fur et à mesure, les couples changeaient de partenaires, et c'était, d'après lui, « comme des figures de géométrie dans l'espace ». J'étais assise à côté de Mireille Maximoff et elle non plus ne semblait pas très bien comprendre ce que disait le metteur en scène, mais tous l'écoutaient avec beaucoup de respect. Puis ils ont décidé d'aller boire un verre quelque part, mais c'était toujours aux mêmes endroits, au Nuage, à La Malène. Et de nouveau, nous étions dans la voiture. Personne ne parlait plus. J'étais heureuse de ce silence. La voiture suivait les quais sous la pluie. Les feux rouges et les lumières me rassuraient. J'aimais la nuit à Paris, elle calmait mon inquiétude, celle que j'éprouvais souvent dans l'après-midi. J'aurais voulu qu'ils me laissent marcher toute seule, à l'air libre, le long des quais.

— Tu ne vas pas rester à te morfondre dans l'appartement, disait Mireille Maximoff.

Et elle m'emmenait presque chaque soir retrouver tous ces gens. Nous étions avec eux, très tard, et j'avais de la peine à garder les yeux ouverts. Un brouhaha de conversations. Et des restaurants aux drôles de décors. Des caves voûtées avec des tables où l'on dînait à la lumière des bougies. Dans d'autres endroits, on man-

geait des grillades que l'on avait fait cuire sur
une broche devant une grande cheminée. Des
chandeliers. Des miroirs biseautés. Des poutres
apparentes. Les soirs de beau temps, les soirs
d'été indien, comme ils disaient, ils s'asseyaient
aux tables disposées sur le trottoir. Nous étions
serrés les uns contre les autres. Et les mêmes
rues — Bernard-Palissy, Saint-Benoît — dont
Mireille Maximoff donnait les noms aux chauf-
feurs de taxi. Je l'accompagnais aux domiciles
de ses amis. Le dimanche soir, nous allions
dans un atelier, du côté du parc Montsouris. Ils
mangeaient des plats brésiliens. Toujours une
dizaine de personnes. Et de la musique brésilienne pendant qu'ils parlaient. Moi, je ne disais rien. Je restais à l'écart. Souvent, je quittais
ces soirées pour faire un tour dans le quartier.
Je partais sans attirer l'attention de personne.
C'était bon de respirer à l'air libre et de marcher seule, la nuit. J'avais quitté Lyon, je venais
de m'échapper d'un endroit où les gens parlaient trop fort, des gens que je ne connaissais
pas, et ma vie serait une fuite sans fin. J'étais
certaine que mon chemin croiserait celui de
quelqu'un qui pensait la même chose que moi,
à l'autre bout de Paris. Un dimanche soir, je ne
suis pas retournée dans l'atelier du parc Montsouris. J'ai entendu encore au bas de l'immeuble la musique brésilienne et le brouhaha des
conversations. J'ai marché jusqu'à l'apparte-

ment de la rue Vineuse en traversant Paris. Je n'avais plus peur de rien et surtout pas de l'avenir. Les boulevards et les avenues qui s'ouvraient devant moi étaient vides et les lumières plus scintillantes que d'habitude. Le vent bruissait dans les feuillages. Pourtant, je n'avais pas bu. Quand je suis entrée dans l'appartement, Mireille Maximoff était déjà là, inquiète. Elle m'a demandé pourquoi j'étais partie si brusquement de chez ses amis. Je lui ai dit que je ne me sentais pas très bien et que j'avais envie de marcher. Et puis, tous ces gens m'intimidaient. Ils étaient plus âgés et plus intelligents que moi. Je n'étais pas à ma place parmi eux. Et d'ailleurs, ma place, où était-elle exactement ? Je ne l'avais pas encore trouvée. Elle m'a caressé le front comme l'aurait fait une grande sœur, mais tout ce que je lui avais confié, elle ne le prenait pas au sérieux. Elle a fini par me dire :

— Tu dois avoir un grain, toi.

Un dimanche, elle m'a emmenée déjeuner dans un restaurant chinois du quartier des Champs-Élysées. À notre arrivée, j'ai reconnu le type en imperméable que j'avais croisé, l'autre soir, dans l'escalier. Il nous attendait. Il était en compagnie d'un brun, plus grand que lui, qui portait une veste de daim et un col roulé noir. Mireille Maximoff a embrassé celui que je connaissais. J'essaye de retrouver son nom. C'était

suède

anonymité
pas de nom de famille

Walter et quelque chose d'italien. L'homme qui l'accompagnait nous a serré la main et il s'est présenté : Guy Vincent. Plus tard, j'ai su que ce n'était pas son vrai nom et j'étais chaque fois intriguée de la manière abrupte dont il s'avançait vers les gens, leur tendait la main et leur disait d'une voix brève : Guy Vincent. Maintenant, je comprends que ce nom était pour lui une défense, une barrière qu'il voulait tout de suite établir entre lui et les autres. Mais il me semble que ce dimanche-là, quand je l'ai vu pour la première fois et qu'il m'a serré la main, il n'avait pas eu la même voix pour me dire son nom d'emprunt. Je crois qu'il me l'avait dit avec un sourire ironique, comme si nous partagions déjà un secret.

Guy Vincent était à côté de moi sur la banquette. Il y a eu un silence. Puis Walter s'est penché vers Mireille Maximoff ·

— C'est Guy... celui dont je t'ai parlé...

Elle a souri et elle lui a dit qu'elle était heureuse de le rencontrer. Moi, j'étais intimidée, comme d'habitude. Je ne prononçais pas un mot.

D'après ce que j'avais cru comprendre, cet homme, assis en face de moi, Walter, l'ami de Mireille Maximoff, était photographe depuis longtemps et on l'avait souvent envoyé dans des endroits dangereux. Il avait même été blessé au cours de je ne sais plus quelle guerre. Il avait connu Guy Vincent dans un café des Champs-Élysées qu'il fréquentait ainsi que d'autres photographes.

Au début du déjeuner, Guy Vincent non plus ne parlait pas. Mireille Maximoff essayait de détendre l'atmosphère en lui posant des questions anodines auxquelles il répondait par un oui ou par un non. Walter m'a désignée du doigt.

— Et cette jeune fille ?

Guy Vincent s'est retourné et il m'a regardée avec curiosité.

— Il lui est arrivé une drôle de mésaventure, a dit Mireille Maximoff en me faisant un clin d'œil presque imperceptible.

Elle a dit que je venais de Lyon. Et elle leur a raconté l'histoire du baccalauréat, son histoire à elle, qui s'était passée quelque part dans les Landes, il y avait longtemps. Le réveil n'avait pas sonné, un lundi, à sept heures du matin. Au fond, c'était gentil de sa part. Elle devait penser que nous étions si proches que nos vies pouvaient se confondre.

Walter a éclaté de rire.

— Vous avez de la chance, m'a-t-il dit. Le destin n'a pas voulu que vous passiez votre baccalauréat.

J'étais un peu gênée. Mireille Maximoff m'a pris la main.

— J'espère que vous n'allez pas essayer de le repasser, a dit Walter. C'est du temps perdu.

Guy Vincent était resté silencieux et, dans son regard, il n'y avait plus seulement de la curiosité, mais un souci, comme s'il cherchait à deviner mes pensées.

— Ça vous a rendue triste, cette histoire ? m'a-t-il demandé sur le ton de quelqu'un qui s'intéresse à vous.

J'ai essayé de lui sourire.

— Moi, je ne suis pas d'accord, a-t-il dit en se tournant vers les deux autres. C'est quand même embêtant pour elle cette histoire de baccalauréat...

Walter lui a demandé si, lui, il était bachelier. Guy Vincent a répondu non. Mais il le regrettait. Il a expliqué qu'à l'âge où l'on prépare le baccalauréat, c'était pour lui la fin de la guerre et il venait d'être rapatrié de Suisse avec tout un groupe de réfugiés de son âge. Ils étaient restés longtemps dans une sorte de pensionnat à Lyon, mais ils n'y suivaient pas les programmes scolaires. La plupart du temps, on les occupait à des travaux manuels.

J'ai vaincu ma timidité. Je lui ai demandé :

— Vous êtes resté longtemps à Lyon ?

— Pas longtemps. Environ six mois.

Mais je n'avais pas osé, ce premier jour, lui demander dans quel pensionnat exactement il se trouvait à Lyon. Pour moi, c'était une évidence, je l'imaginais derrière le mur noir du pensionnat des Lazaristes.

À la sortie du restaurant, Mireille Maximoff m'a dit qu'elle rentrerait tard. Walter m'a embrassée sur les deux joues. Il était content d'avoir fait plus ample connaissance avec moi, bien que je n'aie pas obtenu mon baccalauréat. Ils ont pris place dans une voiture et Mireille Maximoff a baissé la vitre et agité la main en signe d'adieu.

J'étais seule avec Guy Vincent. Il m'a demandé si j'habitais dans le quartier. Je lui ai dit que c'était près du Trocadéro, mais je connaissais mal Paris et je ne pouvais pas encore me rendre compte des distances.

— Je vais marcher un peu avec vous. Si vous êtes fatiguée, nous prendrons le métro à l'Étoile.

Alors, j'ai eu le sentiment d'avoir fait une rencontre, comme celle que j'espérais depuis mon arrivée à Paris. Cette phrase qu'il m'a dite à cet instant-là m'est restée si bien en mémoire que j'entends encore, après toutes ces années, le son de sa voix. L'autre jour, je me promenais près du port, dans ce pays où je n'ai pas souvent l'occasion de parler français avec quelqu'un. J'étais perdue dans mes pensées. Et de nouveau, j'ai entendu dire avec l'accent parisien : « Si vous êtes fatiguée, nous prendrons le métro à l'Étoile. » Je me suis retournée. Bien sûr, il n'y avait personne.

Ce dimanche après-midi-là, nous marchions

dans la foule des promeneurs, sur le trottoir de droite de l'avenue des Champs-Élysées. Du soleil. Les terrasses des cafés débordaient sur le trottoir. Encore une belle journée d'été indien, comme disaient les autres, le soir, à La Malène. Mais cela durerait jusqu'à quand ? Nous étions arrivés à l'Étoile.

— Vous êtes fatiguée ? m'a demandé Guy Vincent.

Non, je n'étais pas fatiguée.

— Si vous voulez, lui ai-je dit, on pourrait se promener au bois de Boulogne.

À la porte Dauphine, nous avons pris la route des lacs. C'était moi qui le guidais.

— Vous avez l'air de bien connaître le Bois.

C'était vrai. J'y avais souvent marché l'après-midi. Je ne pouvais pas rester seule dans l'appartement de la rue Vineuse. Alors, je m'échappais, comme je le faisais, le soir, de chez les amis de Mireille Maximoff. Et, chaque fois, j'éprouvais le même plaisir à disparaître sans attirer leur attention. À les semer.

Nous nous étions assis sur un banc, au bord des lacs. Je lui ai demandé s'il se promenait quelquefois ici. Non. Pas depuis une éternité. Il avait dix ou quinze ans de plus que moi. Il exerçait sans doute un métier. Il me regardait comme tout à l'heure au restaurant avec cette expression attentive, presque soucieuse. En somme, lui non plus ne savait pas très bien à

31

quoi s'en tenir sur mon compte. Il m'a demandé mon âge. J'ai voulu me vieillir, mais il valait mieux dire la vérité. J'ai ajouté quand même une année. Dix-neuf ans. Il a paru surpris. Il me donnait un peu plus de vingt ans.

Des familles passaient devant nous le long de l'allée, et les enfants étaient toujours à la traîne. Des voix les appelaient par leurs prénoms, des voix plaintives, autoritaires, et elles se perdaient au fur et à mesure dans le lointain. Quelqu'un a crié à plusieurs reprises : « Guy », et je me suis souvenue qu'il s'appelait Guy lui aussi. Mais il n'avait pas bronché. J'ignorais encore que ce prénom n'était pas vraiment le sien.

— En fait, lui ai-je dit d'une voix mal assurée, je cherche du travail.

Et très vite, si vite que les mots se bousculaient, je lui ai avoué une partie de la vérité : je venais de Lyon, j'habitais pour le moment chez Mireille Maximoff et je cherchais du travail à Paris.

— Et vos parents ? Qu'est-ce qu'ils disent de tout ça ?

J'ai été gênée par cette question. Au moment de quitter Lyon, je n'avais pas eu une seule pensée pour mes parents. Ce n'était pas de l'indifférence, mais, depuis longtemps, je m'éloignais d'eux. Pourtant, ils figuraient encore dans mes projets d'avenir, quand ma vie pren-

drait un cours plus précis et que je serais délivrée de ce sentiment d'incertitude que j'éprouvais chaque matin. Un jour, tout deviendrait
clair et solide dans ma vie, et je serais heureuse
de les retrouver.

— Ils ne peuvent plus grand-chose pour
moi, lui ai-je dit.

Nous avons encore marché dans les allées,
du côté du Pré Catelan. Il y avait de moins en
moins de monde, et les allées devenaient des
chemins forestiers. C'est lui-même qui m'a
dit qu'il fallait faire demi-tour sinon nous
risquions de nous perdre. Je lui ai demandé
quel était son métier. Rien d'intéressant, des
voyages d'affaires entre la France et la Suisse.
Avec des associés, il s'occupait, plus ou moins,
d'une « agence » à Paris. Un travail banal, de
ceux qui ennuient les autres quand on en
parle. Alors, je n'ai pas insisté.

À la fin de l'après-midi, nous nous sommes
retrouvés dans l'un des salons de thé du bois
de Boulogne. Des tables étaient occupées par
les familles qui passaient tout à l'heure dans
l'allée au bord des lacs. À d'autres tables, des
femmes d'un certain âge parlaient entre elles à
voix très haute. Il regardait autour de lui. Je me
suis demandé s'il ne venait pas dans ce genre
d'endroit pour la première fois de sa vie,
comme moi.

— C'est drôle, m'a-t-il dit. Ici les femmes
portent des manteaux d'astrakan.

Toujours cet air placide, pensif. Par la suite, chaque fois que nous étions dans un endroit public, j'avais l'impression qu'il s'y sentait mal à l'aise, comme s'il n'avait rien de commun avec personne. Un étranger qui n'aurait pas su la langue du pays et qui aurait craint, à chaque instant, qu'on lui adresse la parole. Mais il faisait bonne figure. Il gardait son calme. Peut-être pensait-il qu'à la moindre hésitation, au moindre trouble que l'on aurait lu sur son visage, cela risquait de lui porter malheur. Alors, il restait impassible et il évitait les gestes brusques. Il souriait d'un sourire absent.

— J'ai compté quatorze femmes qui portent des manteaux d'astrakan. Vous pouvez vérifier, si vous voulez...

Je sentais une complicité entre nous. Ni l'un ni l'autre nous n'avions notre place dans cet endroit. Et lui, avait-il sa place quelque part ? Nous avons pris le métro jusqu'à l'Étoile. Puis, nous avons changé de ligne et nous sommes descendus à la station Trocadéro. Il voulait m'accompagner jusqu'à l'appartement. Il marchait à côté de moi de son pas régulier dont je me dis aujourd'hui que rien n'aurait pu modifier le rythme. C'était une manière de ne pas attirer l'attention sur lui. Quand on vous suit, par exemple, il ne faut jamais vous retourner. Et chaque fois qu'un danger vous menace, vous devez continuer à marcher du même pas tranquille. Devant l'immeuble de la rue Vineuse, il m'a demandé quels étaient mes projets pour ce soir. J'ai dit que je n'en avais aucun. Ce soir, malheureusement, il ne pouvait pas m'inviter à dîner à cause d'un rendez-vous. Mais demain, après-demain, tous les autres jours... En ce moment, il habitait l'hôtel. Il m'a donné un numéro de téléphone.

Je l'ai appelé le lendemain, vers la fin de l'après-midi. J'étais seule dans l'appartement. Il m'a indiqué le chemin. Il fallait que je change à l'Étoile et que je descende à la station Georges-V. Puis il m'a demandé de prendre un crayon et il m'a dicté un itinéraire jusqu'à son hôtel. Si j'en jugeais par l'intonation de sa voix, il avait vraiment peur que je me perde.

C'était tout près du restaurant chinois de la veille. L'hôtel du Berri, rue Frédéric-Bastiat. J'ai demandé « Monsieur Guy Vincent » à la réception. Une femme brune au tailleur très strict devant laquelle je suis passée chaque jour et j'ai l'illusion que cela a duré longtemps, toute une période de ma vie. Mais si je réfléchis bien, à peine trente jours.

J'ai monté l'escalier jusqu'au premier étage. Il m'attendait dans l'embrasure de la porte comme s'il avait peur que je change d'avis, au dernier moment. Je m'étais arrêtée un instant sur les premières marches de l'escalier et j'avais eu la tentation de m'enfuir.

J'étais si troublée que je me suis assise au bord du lit. Il y avait bien un fauteuil, là-bas, entre les deux fenêtres, mais il me paraissait inaccessible. Il restait debout devant moi.

— Vous avez les cheveux mouillés.

Mon imperméable aussi était mouillé. À la sortie du métro, il pleuvait, une pluie fine, comme il en tombait souvent cet automne-là. Il est revenu avec une serviette. Il m'a frotté doucement les cheveux. Il s'est assis au bord du lit, à côté de moi.

— Vous devriez enlever votre imperméable...

Il l'avait dit d'une voix sourde comme s'il se parlait à lui-même. J'ai pensé que nous étions entrés tous les deux ensemble dans l'hôtel et que nous avions échoué dans cette chambre à cause de la pluie. J'imaginais que le matin même j'étais arrivée à Paris. Il était venu me chercher à la gare de Lyon. La lumière du lustre m'éblouissait et j'entendais tomber la pluie. Je ne savais pas où j'étais exactement. Je ne savais rien de lui, mais cela n'avait aucune importance. Il m'a prise par les épaules et moi je l'ai embrassé. Toute mon angoisse et ma timidité avaient disparu et cela m'était complètement égal qu'il laisse allumé le lustre, j'aurais aimé une lumière encore plus crue et plus forte pour chasser les ombres. Le lendemain matin, à mon retour dans l'appartement de la rue Vineuse, Mireille Maximoff était déjà réveillée. Elle m'a dit qu'elle avait été inquiète de mon absence, mais elle ne m'a posé aucune question. Alors, je lui ai expliqué que j'avais retrouvé des amis de Lyon et que la soirée avait duré plus longtemps que prévu. Les semaines suivantes, j'ai continué de mentir et j'ai gardé mon secret jusqu'au bout. Mais je me demande aujourd'hui ce que j'aurais bien pu dire. Ces choses-là sont banales. Elles arrivent à n'importe qui. Je me souviens du soir où il m'a confié qu'il ne s'appelait pas Guy Vincent. Il m'avait emmenée dans un restaurant, tout près de son hôtel. Il ne quittait jamais le quartier. Il avait été surpris que je sois originaire de Lyon. Juste après la guerre, il avait passé trop peu de temps dans cette ville pour me dire où se trouvait exactement le pensionnat qui les avait recueillis, lui et ses camarades. Pas très loin de la Saône. Des escaliers à pic. De vieilles maisons. Est-ce qu'il se souvenait d'une rue en pente, d'un mur noir et de grands bâtiments en surplomb ? Il ne pouvait pas me l'affirmer, mais peut-être bien. Alors, ce devait être le pensionnat des Lazaristes. Moi, je croyais aux coïncidences.

Ensuite, lui aussi était arrivé à Paris à la gare de Lyon. Un matin, à la même heure que moi. Il avait à peu près mon âge. Il a commencé à me raconter tout cela dans la chambre de l'hôtel, sous le lustre qu'il laissait allumé, même le

jour. J'ai fini par m'y habituer et je croyais naï-
vement que cette lumière franche dissiperait la
brume qui flottait autour de lui. Le matin de
son retour à Paris, personne ne l'attendait à la
gare. Dans le quartier où il avait vécu pendant
son enfance, ses parents et ses amis avaient
disparu.

Tout cela, il me l'avait raconté parce que je
venais de Lyon et que cette ville évoquait un
épisode de sa vie, l'époque où il avait mon âge.
Et que pour la première fois, cette nuit-là, je
l'avais appelé « Guy », mais j'avais prononcé ce
prénom du bout des lèvres, il me mettait mal à
l'aise, je trouvais qu'il ne lui ressemblait pas. Il
avait dû sentir ma réticence, il m'avait dit :
« Mais oui... Tu peux m'appeler Guy... », et il
avait éclaté de rire. Je l'avais entendu répéter :
« Guy... Guy... », comme s'il voulait lui aussi se
familiariser avec cette syllabe et, à mon tour,
j'avais éclaté de rire. Alors, il avait allumé le
lustre et il m'avait expliqué que « Guy Vincent » était un nom d'emprunt. Je lui avais demandé si je pouvais l'appeler par son vrai prénom. C'était gentil mais il n'aurait pas aimé
cela, il s'était habitué à « Guy Vincent ». Pour
lui, « Guy Vincent » évoquait la fraîcheur, le
printemps et la couleur blanche, c'était un
nom rassurant. Et puis cela créait une distance.
Il y avait toujours entre lui et les autres ce
« Guy Vincent » comme un double, un ange

gardien. Et de nouveau, il riait. Et moi aussi. Les fous rires sont contagieux, mais avais-je vraiment envie de rire ? Sous la lumière du lustre, la chambre me paraissait brusquement froide, inhabitée. J'étais en compagnie d'un inconnu qui se cachait sous l'identité d'un autre. Je m'apercevais qu'il ne laissait jamais rien traîner sur la table de nuit, sur le fauteuil ou sur la moquette. Pas un vêtement, pas un mégot de cigarette, même pas une paire de chaussures. Quand nous quittions la chambre, il n'y avait plus trace de notre passage, sauf le lit défait, mais à plusieurs reprises, j'avais vu qu'il le bordait à la hâte et qu'il tirait le couvre-lit. Une vieille habitude du temps des pensionnats, m'avait-il dit. Ses costumes, quelques livres, quelques objets et ses valises étaient rassemblés dans une grande pièce à l'Agence. C'était là qu'il travaillait avec des « associés ». Je l'y ai accompagné plusieurs fois, très tard. L'Agence était tout près de l'hôtel, dans un immeuble de la rue de Ponthieu. Il n'y avait jamais personne à cette heure-là. Je l'attendais dans le bureau. Il était allé prendre quelques affaires qu'il avait rangées dans un sac de voyage. Nous revenions à l'hôtel.

Une seule fois, il s'est présenté sous son véritable nom. C'était au cours d'un voyage que nous avions fait en Suisse. À Lausanne, nous étions assis dans le hall d'un hôtel de l'avenue d'Ouchy, sans que je sache pourquoi. Près de nous, des femmes et des hommes, l'aspect de bourgeois cossus. Des Français, avec quelque chose de désuet dans leurs manières et d'un peu fané dans leurs habits. Mais ils avaient bonne mine. Ils étaient bronzés. Apparemment, ils se connaissaient tous. Sur une grande table, des piles de livres. Un homme très sec, aux sourcils épais et qui portait un nœud papillon, dédicaçait au fur et à mesure les livres à ceux qui se présentaient. Les membres de cette assemblée nous dévisageaient tous les deux et je lisais dans leurs regards une surprise et une gêne. Ils devaient penser que nous n'étions pas de leur monde et s'expliquaient mal notre présence parmi eux. J'essaye d'imaginer de quoi nous avions l'air. Tout à l'heure, sur le port, à la terrasse d'un café, j'ai remarqué une fille blonde assise avec un homme au visage patibulaire. Quand j'étais jeune, je ressemblais à cette fille. Elle avait les yeux grands ouverts, elle était attentive et silencieuse. Et l'homme qu'elle écoutait me faisait penser à Guy Vincent à cause de ses cheveux bruns et de sa manière nonchalante de fumer ou de se verser à boire. Mais Guy — il faut bien que je l'appelle par ce prénom — était beaucoup plus massif Pourtant, il marchait d'une façon gracieuse, à pas légers comme sur la pointe des pieds. Ce jour-là, à Lausanne, dans le hall de l'hôtel, Guy s'est levé et il a marché ainsi, parmi tous ces gens distingués. Il était perdu au milieu de leur réunion mondaine, et je craignais qu'il bouscule ces hommes et ces femmes sur son passage. J'étais sûre qu'il avait bu. Et puis il est venu me chercher. Il m'a entouré l'épaule et il m'a entraînée jusqu'à la table où l'écrivain au nœud papillon dédicaçait son livre. Il en a pris un sur la pile. Ça s'appelait : *Vivre à Madère.* J'ai gardé longtemps ce livre et je l'ai perdu quand j'ai quitté la France. L'écrivain, derrière sa table, était très entouré. Guy a feuilleté le livre. Il s'est penché :

— Vous pouvez me le dédicacer ?

L'autre a levé la tête. Il n'avait pas un visage aimable. Son nœud papillon était à pois.

— Votre nom ? a-t-il demandé sèchement.

Alors Guy lui a dit son véritable nom. Je l'entendais pour la première fois : ALBERTO ZYMBALIST. L'écrivain a froncé les sourcils, comme si la sonorité de ce nom lui déplaisait. Il a dit d'un ton méprisant :

— Voulez-vous me l'épeler ?

Guy a posé le livre ouvert sur la table et lui a plaqué une main sur l'épaule. L'écrivain ne pouvait plus bouger de sa chaise. Guy appuyait la main de plus en plus fort sur son épaule et l'autre, en se courbant, le regardait, stupéfait. Guy lui a épelé le nom. Autour de nous, ils le considéraient tous avec inquiétude. Ils étaient prêts à intervenir, mais ils hésitaient à cause de la stature de Guy. L'autre a bien dû se résoudre à écrire la dédicace. De la sueur perlait à son front. Il avait peur. Guy a repris le livre, mais il appuyait toujours sa main sur l'épaule de l'écrivain. Celui-ci le regardait, l'œil dur, les lèvres serrées.

— Vous allez me laisser, monsieur ? a-t-il dit d'une voix sifflante.

Guy lui a fait un sourire gentil et il a relâché la pression de sa main. L'autre s'est levé. Pour se donner une contenance, il a rajusté son nœud papillon à pois. Il nous fixait d'un œil de vipère. J'ai eu peur qu'il appelle la police. Guy, après avoir consulté le titre du livre, lui a demandé en souriant :

— C'est beau, Madère ?

Je ne sais pas s'il avait bu, ou s'il avait un coup de cafard, comme cela lui arrivait sou vent. Dans ce hall d'hôtel, nous étions aussi seuls que le premier jour au bois de Boulogne, parmi les familles des dimanches et les femmes en manteau d'astrakan. Mais j'avais appris son véritable nom. Était-ce vraiment le sien ? Apparemment, ceux qu'il rencontrait à Paris ne l'avaient jamais connu sous ce nom-là. Jusqu'à quel âge l'avait-il porté ? Je n'osais pas le lui demander.

Un après-midi, il m'avait ramenée en voiture rue Vineuse parce que Mireille Maximoff devait s'inquiéter de n'avoir pas de nouvelles de moi depuis trois jours et que je voulais la rassurer. Il m'a dit :

— Je vais te montrer où j'habitais quand j'étais gosse.

Il disait « gosse » avec l'accent parisien.

— C'est tout près, du côté du bois de Boulogne.

Il a arrêté la voiture au début des jardins du Ranelagh, et la manière dont il avait prononcé « gosse » ne correspondait pas à ce quartier.

Nous marchions dans les allées. Le soleil était voilé et tout baignait dans une lumière rousse. Nous marchions sur une couche de feuilles mortes.

— Tu vois, je jouais dans ce jardin le jeudi et le dimanche...

Je me gardais bien de lui poser des questions. J'étais très jeune, je connaissais encore mal les hommes, mais j'avais vite compris que lui, il n'était pas un homme à répondre aux questions.

Nous étions dans une avenue, tout au fond des jardins. Nous avons fait quelques pas sur le trottoir et il s'est arrêté devant un immeuble, le premier de l'avenue.

— J'habitais là, au deuxième étage.

Il m'a désigné une fenêtre.

— Là, c'était ma chambre.

Il a poussé la porte cochère et il m'a entraî-

43

née dans le hall de l'entrée. Il a frappé à la porte vitrée du concierge. Elle s'est ouverte et un homme chauve a passé sa tête dans l'entre-bâillement.

Il lui a dit :

— Je venais prendre des nouvelles de monsieur Carpentier.

J'avais retenu ce nom à tout hasard. Carpentier. L'autre lui a expliqué que monsieur Carpentier n'était plus là depuis longtemps, depuis qu'il lui avait succédé dans la loge. Guy a haussé les épaules.

— Vous n'auriez pas son adresse ? a-t-il demandé.

— Non.

De nouveau, nous marchions le long de l'avenue, en bordure des jardins du Ranelagh. Il m'expliquait que monsieur Carpentier était l'ancien concierge de l'immeuble et que lui, à l'époque, il vivait seul avec son père dans un grand appartement. Son père était consul du Pérou. Puis la guerre était venue et son père était retourné dans son pays en le laissant seul ici, sous la surveillance de monsieur Carpentier. Apparemment, son père l'avait oublié puisqu'il n'avait plus jamais eu de ses nouvelles. Me disait-il la vérité ? Cet après-midi-là, je lui avais demandé de me laisser sur la place du Trocadéro. Je ne voulais pas que Mireille Maximoff nous voie ensemble. Consul du Pérou. On appelait aussi « Consul » Eddy, le mari de Mireille Maximoff. C'était un titre de fantaisie qu'on lui avait donné, le surnom d'un personnage de roman qui lui ressemblait et qui, comme lui, buvait trop d'alcool. Des années plus tard, il m'arrivait de me réveiller en sursaut, la nuit, et de ne plus pouvoir dormir jusqu'au matin. Et je tournais et retournais ces détails douloureux dans ma tête. Je me disais : Il faudrait qu'un jour tu essayes de vérifier tout ce qu'il t'a raconté. Mais je finissais par me raisonner et par retrouver mon calme. C'était bien inutile. C'était trop tard.

Consul du Pérou. Le vent éparpillait les feuilles mortes à travers les allées dans un bruissement qui s'enflait et me glaçait le cœur. Je ne lui en voulais pas s'il m'avait menti. Après tout, ses mensonges étaient une partie de lui-même. Tant pis s'ils ne cachaient que du vide. C'était le vide qui m'attirait aussi chez lui. Souvent, il avait le regard absent. J'aurais voulu savoir à quoi il pensait. J'essayais de le deviner. Je le trouvais mystérieux, insaisissable. On ne l'entendait pas venir quand il ouvrait une porte et qu'il entrait dans la chambre. Et il pouvait disparaître d'un instant à l'autre lorsque vous marchiez à côté de lui. Il ne me l'a jamais fait à moi, mais à tous ceux que j'ai vus avec lui dans les cafés près de l'hôtel ou dans le bureau de l'Agence. C'était même un sujet de plaisanterie entre eux. Quelquefois, ma mémoire flanche, mais je me souviens de ce voyage en Suisse au cours duquel il rencontrait de drôles de types, à Genève, dans le hall de l'hôtel du Rhône. Nous étions passés en voiture par Annemasse avant de franchir la frontière. Un dimanche. La nuit tombait. Les rues d'Annemasse étaient bloquées à cause d'un cortège et d'une fanfare qui traversaient la ville. Nous avions eu un fou rire quand la fanfare avait joué l'air de *Viens Poupoule*. La musique s'était éloignée, elle avait fini par s'éteindre et bientôt il n'y avait plus personne dans les rues. À la frontière, les douaniers ne nous avaient même pas demandé nos passeports. Alors, il m'avait raconté qu'à seize ans, pendant la guerre, il avait essayé à deux reprises d'entrer en Suisse. Chaque fois, il avait traversé la frontière en fraude mais, à sa première tentative, les douaniers suisses l'avaient arrêté et livré aux gendarmes français. Comme il avait déjà la même taille et le même poids que maintenant, ils avaient jugé plus prudent de lui mettre les menottes pour le ramener à Annemasse. Il n'avait jamais pu l'oublier et, depuis ce temps-là, dans ses rêves, il portait des menottes, il marchait pendant des heures et il faisait d'interminables trajets en métro à la recherche de quelqu'un qui aurait la clé pour les lui enlever. Plus tard, à Annemasse, l'un des gendarmes l'avait laissé filer. Il avait tenté une seconde fois de franchir la frontière, et il avait réussi. À Genève, il avait cherché longtemps, sans le trouver, le consulat du Pérou.

Nous habitions l'hôtel du Rhône et il donnait ses rendez-vous dans le hall, l'après-midi. Cela durait souvent jusqu'à l'heure du dîner. Il avait peur que je m'ennuie. Il sortait d'un sac de voyage une liasse de billets de banque et il me la glissait dans la main. Il me disait d'aller dans les magasins pour acheter des chaussures, des montres, des bijoux. Mais j'avais beau refuser et lui expliquer que je pouvais très bien rester dans la chambre à lire, il insistait. Lui, à mon âge, la première fois qu'il avait marché dans Genève, il avait été ébloui par les vitrines et les lumières. Il aurait voulu tout acheter avec une préférence pour les chaussures. C'est un plaisir de marcher dans des chaussures neuves qui ne prennent pas l'eau. Autant en profiter. La vie est si courte. Il finissait par me convaincre. Je sortais de l'hôtel, je traversais le pont, je suivais la rue du Rhône. Mais je n'osais pas entrer dans les magasins. Le premier jour, il y avait du brouillard et j'avais peur qu'il neige. Je marchais le long du quai. J'avais l'impression d'être toute seule dans une ville inconnue. Lui aussi avait dû éprouver ce sentiment de solitude quand il était arrivé ici, la première fois. Au bout d'une grande avenue, je voyais la gare. Peut-être aurait-il mieux valu prendre un train pour Paris et retrouver Mireille Maximoff. Et lui expliquer tout. Quel conseil m'aurait-elle donné ? J'ai bifurqué dans une petite rue où je suis tombée sur un cinéma. À cette heure-là, j'étais seule dans la salle. On y passait un dessin animé.

Les autres jours, le soleil est revenu. On aurait cru que c'était encore l'été indien — comme disaient les autres à Paris. Je me suis quand même acheté une montre. Et aussi une paire de chaussures. J'en avais assez de porter les bleu marine, celles que m'avait fait enlever le salaud de la maison de couture.

Je lui demandais la permission de rester dans le hall, à l'écart, pendant qu'il donnait ses rendez-vous. Je l'observais discrètement. Je me demandais quels pouvaient bien être les gens assis autour de lui. Toujours les mêmes. Des Algériens pour la plupart. Ils portaient des serviettes en cuir sauf l'un d'eux que j'avais remarqué à cause de son sourire et de son imperméable bleu marine. Vers la fin de ses rendez-vous, il venait quelquefois me chercher au fond du hall et me faisait asseoir à leurs côtés.

Je crois qu'ils parlaient d'argent à voix basse. Ils étaient très courtois avec moi. J'aurais voulu en savoir plus, mais je ne me suis jamais mêlée des choses qui ne me regardaient pas. Le soir, nous allions dîner dans un restaurant italien en compagnie de deux hommes qui travaillaient avec lui à Paris. Un gros du même âge que lui, gentil, toujours essoufflé, il travaillait à l'Agence. L'autre avait une cinquantaine d'années. C'était un homme très élégant qui parlait français avec un léger accent, les cheveux d'un noir de jais plaqués en arrière. Toujours courtois lui aussi, mais il m'intimidait. Parfois, il avait un regard perçant. À Paris, il habitait un appartement rue d'Artois, tout près de l'hôtel. Il faudrait que je retrouve leurs noms. Cela occuperait mes après-midi vides. Un après-midi, justement, nous nous sommes promenés Guy et moi dans Genève. Il m'a montré un endroit où il se réfugiait souvent au cours de son premier séjour dans cette ville. Le square du Rhône. On passait un porche et l'on débouchait sur un grand jardin entouré d'immeubles. Là, il n'y avait plus personne. Au milieu du jardin, quelques bancs à l'ombre des arbres. La première fois qu'il était venu s'asseoir là, c'était le jour où il avait compris qu'il ne trouverait jamais le consulat du Pérou. La nuit à Paris, dans la chambre de l'hôtel, il laissait toujours le lustre allumé. Il avait des insomnies. Il ne quittait pas le quartier de l'hôtel. Nous étions souvent seuls. L'après-midi, je l'accompagnais à l'Agence. J'étais assise, tout au fond, comme dans le hall de l'hôtel du Rhône. Je lisais un magazine en l'attendant, et il parlait avec le gros qui s'essoufflait. Ils téléphonaient sans arrêt. Le gros se tenait dans un fauteuil de cuir et lui, il était assis sur le bord du bureau. Ils se passaient le combiné du téléphone. Ou bien, c'était le gros qui parlait tout seul, et lui, il prenait l'écouteur. Parfois, il y avait aussi l'homme élégant aux cheveux noirs auquel le gros laissait sa place derrière le bureau.

Guy disparaissait dans la pièce où étaient rangés ses vêtements et ses valises et il venait vers moi, pendant que les autres échangeaient l'écouteur et le combiné du téléphone. Il me donnait une liasse de billets de banque. Comme à Genève. Il souriait. Il me disait que je ne devais pas rester ici à l'attendre. C'était ennuyeux. Il fallait que j'aille dans les magasins pour m'acheter des robes et des manteaux. Mais oui, l'hiver était proche et je n'avais même pas de manteau. J'étais vraiment une drôle de fille, disait-il, une tête en l'air, et je ferais bien de l'écouter. Vite, un manteau bien chaud pour l'hiver.

Alors, je quittais l'Agence et je descendais la rue du Faubourg-Saint-Honoré sans oser entrer dans les boutiques. Comme à Genève. Pourtant, un après-midi, je me suis acheté un imperméable et une autre paire de chaussures.

La nuit, dans la chambre de l'hôtel, il me posait des questions sur mon enfance et ma famille. Mais, comme lui, je brouillais les pistes. Je me disais qu'une fille aussi simple que moi, qui n'avait qu'un seul nom et qu'un seul prénom, et qui venait de Lyon, ne pouvait pas vraiment l'intéresser.

Un lundi, je devais le retrouver comme d'habitude. C'était en novembre. La nuit tombait tôt. Et pourtant, quand je suis arrivée rue Frédéric-Bastiat, je crois qu'il faisait encore jour. J'ai remarqué deux voitures noires garées devant l'hôtel et un groupe d'hommes sur le trottoir d'en face, l'allure de policiers. Je suis entrée. La femme se tenait derrière le bureau de la réception, mais, accoudé à celui-ci, il y avait l'Algérien en imperméable bleu que j'avais déjà vu à Genève.

Il m'a reconnue lui aussi. Il avait l'air gêné. Je me demande encore quel était son rôle.

Il m'a dit d'une voix sèche :

— Ce n'est pas la peine de monter. Il n'y a plus personne.

J'ai voulu monter quand même. Il m'a barré le passage. Il a répété :

— Il n'y a plus personne.

La femme ne bougeait pas derrière le bureau de la réception. Elle avait les yeux grands ouverts mais plus de regard. Il m'a poussée doucement dehors. Il m'a dit à voix basse :

— Partez vite. Ils ne savent pas encore qui vous êtes. Pour le moment, vous n'êtes qu'une jeune fille blonde NON IDENTIFIÉE.

Les mots se bousculaient, il voulait me dire

autre chose, mais il n'avait plus le temps. Je restais hébétée, sur le trottoir. J'ai traversé la rue. J'ai marché vers leur groupe. J'ai demandé à l'un d'eux ce qui s'était passé dans l'hôtel. Il m'a répondu :

— Je ne sais pas de quoi vous voulez parler, mademoiselle.

Ils me considéraient de leurs regards froids. Si je restais à côté d'eux, ils allaient me mettre les menottes. Et pourtant, j'avais envie de hurler, de faire du scandale pour qu'ils me disent enfin la vérité.

J'ai marché au hasard dans les rues du quartier. Rue d'Artois. Rue de Berri. Rue de Ponthieu. Je suis passée devant l'Agence. Il faisait nuit. Je suis passée encore une fois devant l'hôtel. Ils étaient toujours là, en groupe, sur le trottoir. Et les deux voitures n'avaient pas bougé de place. Il était mort. Ou bien, ils l'avaient emmené en lui mettant les menottes. Dans la chambre, la nuit, il laissait toujours la lumière du lustre.

Ce devait être le lendemain. Rue Vineuse, je n'avais pas quitté ma chambre. J'avais dit à Mireille Maximoff que j'étais malade. Ce soir-là, elle voulait dîner avec Walter. J'ai pensé que, peut-être, il savait quelque chose. Je lui ai demandé la permission de venir avec elle. J'avais peur qu'elle m'emmène dans le restaurant chinois, mais non, quelqu'un est venu nous chercher dans une grosse voiture et le trajet a été long, un quartier que je ne connaissais pas. Dans la brasserie, j'étais assise en face de Mireille Maximoff et de Walter. La glace reflétait mon visage — une tête de noyée. Les autres devaient s'en apercevoir. On m'a versé un verre de vin, mais je ne pouvais rien avaler. Ils parlaient, et j'avais peur de tomber dans les pommes, je m'efforçais de les écouter, j'essayais de ne pas lâcher prise, de me suspendre à leurs paroles et aux mouvements de leurs lèvres. Walter disait qu'il voulait faire un reportage sur les gens qui disparaissent à Paris. Il essaierait de prendre des photos la nuit, dans les commissariats. Ils ne s'apercevraient de rien. Au dépôt. Dans les fourrières. À la Morgue.

J'avais la nausée. Je me suis levée, avec cette peur de tomber dans les pommes. J'ai descendu l'escalier des Toilettes. J'ai vomi. Je ne voulais plus remonter là-haut. Je voulais quitter le restaurant en cachette et marcher seule dans les rues. Je cherchais une sortie de secours. Comme disait l'Algérien, j'étais encore une blonde NON IDENTIFIÉE. Des filles que l'on a repêchées dans les eaux de la Saône ou de la Seine, on dit souvent qu'elles étaient inconnues ou non identifiées. Moi, j'espère bien le rester pour toujours.

II

Je suis née à Annecy. Mon père est mort quand j'avais trois ans et ma mère est partie vivre avec un boucher des environs. Je ne suis pas restée en bons termes avec elle. J'allais quelquefois leur rendre visite, à elle et son nouveau mari, mais je sentais une gêne entre nous. Je crois que je lui rappelais de mauvais souvenirs. C'était une femme dure et coléreuse, pas du tout sentimentale comme moi. Ses colères me faisaient peur. Elle avait l'écume aux lèvres et elle hurlait avec l'accent du Nord. Ils formaient un drôle de couple. Lui, à cause de sa brosse courte et de ses joues creuses, il ressemblait à certains prêtres quand ils ont l'œil sévère et cherchent à savoir les péchés que vous avez commis. Sous l'influence de cet homme, j'avais remarqué que ma mère devenait de plus en plus masculine. Entre eux, il n'y avait pas d'amour, mais plutôt les rapports qui existent entre deux camarades de régiment ou ceux d'un curé et de sa servante. D'ailleurs, ils n'ont jamais eu d'enfants. Avait-elle été amoureuse de mon père ? En tout cas, on aurait dit que l'amour ne l'intéressait pas et même la dégoûtait, et que ma naissance avait été, dans sa vie, un accident.

Ma tante, la sœur de ma mère, s'est un peu occupée de moi dans mon enfance. Elle non plus n'était pas une sentimentale. Elle se méfiait des hommes. Elle se méfiait de tout. Et de moi aussi. Je dois avouer que nous n'avons pas eu de liens très profonds. Pas plus que ma mère, elle n'aura beaucoup compté pour moi.

Les souvenirs que je garde de mon enfance ne sont ni bons ni mauvais. Je crois que si mon père avait vécu, je me serais bien entendue avec lui et que tout aurait été différent. On m'a dit de lui qu'il était une « tête brûlée », et j'ai mis longtemps à comprendre ce que cela voulait dire.

À partir de cinq ans, je suis allée à l'école Sainte-Anne, du côté des Marquisats. Ma tante habitait Veyrier-du-Lac. Elle travaillait dans des villas, à Veyrier, à Talloires, chez des gens riches. Elle y faisait le ménage, les courses et la cuisine. Elle avait été employée très jeune dans un hôtel d'Annecy, près du casino, et elle était restée en bons termes avec le patron de cet hôtel. Il continuait de l'aider financièrement quand elle avait des difficultés. C'était une femme qui savait bien se débrouiller.

À l'école Sainte-Anne, j'étais toujours la première de la classe, et la directrice a conseillé à ma tante de m'inscrire au lycée de filles pour que je puisse passer mon baccalauréat. J'étais une si bonne élève en français qu'elle estimait que « j'irais loin ». Mais ma tante n'a pas écouté ses conseils. Elle m'a inscrite comme pensionnaire chez les bonnes sœurs, à une vingtaine de kilomètres, sur la route du Grand-Bornand. Ce n'était pas dans le but de me donner une discipline, mais tout simplement parce qu'elle voulait se débarrasser de moi. J'avais douze ans.

Ma mère ne m'a jamais proposé de vivre dans sa maison. Ni son mari, le boucher. Les rares fois où je leur ai rendu visite, j'étais frappée par le regard sévère qu'il posait sur moi. Plus tard, j'ai compris que ce regard ne s'adressait pas à moi en particulier, mais à toutes les femmes. Ce type considérait que les femmes, c'était le mal, et il avait réussi sans doute à en convaincre ma mère. J'ai l'impression qu'il aurait souhaité qu'elle soit un homme.

J'ignore ce que peut être la vie de famille. Et pour parler franchement, je crois que je n'aurais pas aimé cette vie-là. J'étais trop indépendante. Et souvent, j'avais trop envie d'être seule. Je n'aurais jamais supporté les repas familiaux des dimanches, les frères, les sœurs, les cousins, les mères, les repas de commu-

nions, les anniversaires, les Noëls... La seule
chose que j'aurais aimée, c'était de vivre seule
avec mon père, si je ne l'avais pas perdu. Lui,
au moins, il m'aurait inscrite au lycée et j'aurais
passé mon baccalauréat.

Au pensionnat, la discipline était plus dure
qu'à l'école Sainte-Anne. J'ai connu les deux
dortoirs, celui des petites et celui des grandes.
La sœur éteignait à neuf heures, et les veilleuses du plafond jetaient une lumière bleue. J'aurais préféré être dans le noir.

À six heures un quart du matin, la sonnerie
du réveil. Nous faisions une toilette rapide devant les longs lavabos qui ressemblaient à des
abreuvoirs. Il était interdit de se déshabiller. Il
fallait cacher son corps aux autres et à soi-
même comme quelque chose qui était hon-
teux. Je n'ai jamais compris pourquoi, et d'ailleurs je n'ai jamais cherché à comprendre.

Après le lever et la toilette, nous allions à la
chapelle. Ensuite dans la salle d'études, pendant une heure. Ensuite, le petit déjeuner au
réfectoire. Du café au lait sans sucre et du pain
sans beurre. Juste un peu de confiture. De nouveau la salle d'études. Puis une récréation vers
onze heures. De nouveau la classe. Le déjeuner. La récréation. La classe. La récréation et
le goûter, une tranche de pain et un morceau
de chocolat noir. L'étude du soir. Au dîner,
nous ne mangions qu'un seul plat, de la « po-

linte ». Jamais de viande. La chapelle. Le coucher. Et tout recommençait, le lendemain.

Un jeudi après-midi sur deux, nous partions en promenade dans les environs du village. Ou bien nous restions à l'ouvroir pour des travaux de couture et de reprisage... Mon seul lien avec le monde, c'était un petit transistor que j'avais emprunté à ma tante mais qu'il fallait que je cache. Je l'écoutais le soir, au dortoir, et après le déjeuner, pendant la récréation, dans un coin isolé du préau.

Le mois d'avril de mes quinze ans, d'après les bulletins d'information que je captais sur ce transistor, on a cru, deux ou trois jours, que les parachutistes d'Algérie allaient être lâchés sur la France. J'ai espéré alors que la guerre civile éclaterait. Les adultes n'auraient plus aucune autorité sur nous et je comptais bien profiter de la pagaille pour m'enfuir. Malheureusement, tout est rentré dans l'ordre, le dimanche soir suivant.

Pendant mes années de pensionnat, ceux que j'ai croisés sur mon chemin ne m'ont laissé aucun souvenir. Et pourtant, depuis l'âge de quatorze ans, je voulais connaître le GRAND AMOUR. Mais personne ne m'a fait battre le cœur au cours de ces années. Je les ai traversées dans un brouillard qui efface tous les visages et tous les détails de ma vie. Au point que je me demande si ce n'était pas un rêve. Un rêve comme ceux qui reviennent souvent et où je suis de nouveau sous les veilleuses bleues du dortoir.

*

Le dimanche soir, j'attendais le car qui me ramènerait au pensionnat. L'arrêt se trouvait à la hauteur d'un grand platane devant la mairie de Veyrier-du-Lac. Je ne me souviens que des dimanches soir d'automne ou d'hiver. Il faisait déjà nuit. Je montais dans le car et les places étaient toutes prises depuis Annecy. Beaucoup de passagers se tenaient debout, serrés, dans la travée. Des paysans de retour dans leurs villages après un dimanche passé à Annecy. Des soldats en permission. Des enfants. Des chiens. Moi aussi je restais debout, juste derrière le chauffeur. Le car démarrait. Il roulait lentement. À droite, avant le tournant de la route, en contrebas, le portail de la villa des Tilleuls où ma tante avait travaillé, un été, chez des Américains en vacances. Puis une fois que le car s'était engagé sur la route du col de Bluffy, le château de Menthon-Saint-Bernard se détachait sur un pic, comme les châteaux des contes de fées. On passait devant le petit cimetière d'Alex. Puis devant le monument aux héros des Glières et leurs tombes. On m'avait dit que mon père s'était battu, avec eux, sur le plateau, contre les boches. Je crois que lui aussi avait été un héros, bien qu'il ne soit pas mort pendant la guerre mais quelques années après.

Le car s'arrêtait sur la place du village, et je devais encore suivre la route à pied, tout droit, pendant quelques centaines de mètres. J'étais seule. Jamais aucune des filles ne prenait le car avec moi. Elles habitaient dans les villages des environs. Sauf Sylvie qui habitait Annecy, celle avec qui je suis restée amie et qui a trouvé plus tard un travail à la Préfecture. Mais ses parents la ramenaient en auto.

Je marchais sur cette route et, souvent, j'ai eu envie de m'enfuir. Il suffisait de faire demi-tour et d'attendre sur la place du village le car qui repartait à neuf heures du soir pour Annecy. La route, en chemin inverse. Je serais arrivée vers neuf heures et demie au terminus, à Annecy, place de la Gare. Mais après ? Évidemment, si j'avais eu de l'argent... Avec de l'argent, je ne serais pas restée à Annecy. Dès la descente du car, j'aurais pris un billet pour Paris et j'aurais attendu le train de nuit. Mais je n'osais pas encore faire le grand saut. Et je me retrouvais à la chapelle avec les autres pour le Salut du dimanche soir.

J'avais pour voisine de classe une blonde dont le père était pharmacien à Cruseilles. Je crois qu'elle était aussi malheureuse que moi dans ce pensionnat. Je lui prêtais quelquefois mon transistor. Nous avions parlé ensemble sous le préau, bien que les conversations à deux fussent interdites. Il fallait rester seule ou bien en groupe. La pluie tombait, une pluie interminable de novembre qui annonçait les cinq mois de neige pendant lesquels je me sentirais encore plus prisonnière. Cette fille de Cruseilles avait volé dans la pharmacie de ses parents deux tubes d'un somnifère qui s'appelait l'Imménoctal. Elle m'en a donné un. Elle m'a expliqué que si l'on voulait se suicider, il suffisait d'avaler tous les comprimés. Et que c'était bien de porter toujours ce tube sur soi. « Comme ça, m'a-t-elle dit, ON EST MAÎTRE DE SA VIE ET DE SA MORT. » Et plus personne ne peut rien contre vous. Plus rien n'a vraiment d'importance. On n'a plus de compte à rendre à personne. On est libre. Et elle avait raison. À partir du moment où j'ai porté sur moi ce tube d'Imménoctal, j'étais plus légère et plus indifférente à la discipline du pensionnat et à tout ce que disaient les sœurs.

La blonde de Cruseilles a disparu un beau jour. On a dit qu'elle s'était fait renvoyer parce que les sœurs avaient trouvé dans sa table de nuit des livres « interdits ». Je savais qu'elle lisait au dortoir, avec une minuscule lampe de poche. Désormais, en classe, il y avait un vide à côté de moi. Mais j'ai gardé jusqu'à aujourd'hui le tube de somnifères qu'elle m'avait

donné et parfois je regrette de ne pas l'avoir
avalé d'un seul coup.

*

Je passais les grandes vacances chez ma tante,
à Veyrier-du-Lac. Je l'aidais à faire le ménage
et les courses dans les villas des alentours. En
échange, elle me donnait un peu d'argent de
poche. À quatorze et quinze ans, j'avais l'air
plus vieille que mon âge. Un après-midi, nous
travaillions, ma tante et moi, dans la villa d'un
avocat de Paris qui venait chaque été à Chavoires, et il avait dit, de sa voix grave : « Votre
nièce a la beauté du diable. » Il me souriait, debout, dans sa bibliothèque, ses cheveux blancs
ramenés en arrière avec des ondulations gris-
bleu. La beauté du diable. Je ne savais pas ce
que cela voulait dire et ça m'a fait peur. La
même peur que lorsque j'avais entendu dire
que mon père était une « tête brûlée ».
Dans les villas, les garçons et les filles de mon
âge m'adressaient quelquefois la parole. Mais je
sentais une distance entre nous. Des bourgeois,
des fils et des filles de famille. Ils venaient de
Lyon, plus rarement de Paris. D'autres étaient
nés dans la région. Ils fréquentaient la plage du
Sporting d'Annecy, les tennis, l'école de voile
des Marquisats. Ils faisaient des surprises-par-
ties. Ils portaient des tenues de tennis, des mè-

ches, des mocassins, des blazers. Il est vrai que je ne les voyais que de loin.

L'été de mes seize ans, nous avons travaillé dans une grande villa de Talloires. Le soir, nous servions à table, ma tante et moi. Le monsieur et sa femme recevaient beaucoup d'invités. L'après-midi, ils allaient jouer au golf à Aix-les-Bains. La femme était une blonde distinguée. Ils avaient quatre enfants, deux filles d'à peu près mon âge, un fils de dix-neuf ans et un autre de vingt-cinq ans, qui faisait son service militaire en Algérie.

Cet été-là, il était venu à Talloires pour une longue permission. Un blond avec une mèche et un visage que mon amie Sylvie aurait trouvés « romantiques ». Il se donnait souvent un air rêveur ou tourmenté, mais il parlait à son frère et à ses sœurs d'une voix autoritaire, les réveillant tôt le matin pour jouer au tennis ou aller au club de voile des Marquisats. Le matin, dans le parc de la villa, les deux frères organisaient ce qu'ils appelaient des concours de « tractions ». C'était à celui qui tiendrait le plus longtemps, le corps à l'horizontale sur la pelouse en tendant et repliant les bras. Je faisais son lit et le ménage dans sa chambre et j'avais remarqué sur la table de nuit un livre dont je me rappelle encore le titre : *Comme le temps passe...*

Au mur, près du lit, une grande photo de sa

mère, et sur son bureau, un poignard dans sa gaine de cuir.

Je l'avais vu à plusieurs reprises jouer au tennis et chaque fois avec une fille différente. D'après ce que j'avais cru comprendre, il était le préféré de sa mère, et lui aussi éprouvait un très fort attachement pour elle.

Avec moi, il se montrait dédaigneux. Un soir, il m'avait demandé, d'un ton sec, de lui servir un jus d'orange. Un matin, d'un air plus aimable, mais comme si la chose allait de soi, de lui cirer ses mocassins. Un autre jour, il m'avait dit : « Si vous voyez maman, vous lui dites que je passe la soirée à Genève... » C'était la première fois que j'entendais quelqu'un dire « maman » de cette manière-là. Moi, si j'avais parlé de ma mère à quelqu'un, j'aurais dit tout simplement : ma mère.

Un soir, vers neuf heures, je me suis retrouvée seule avec lui. J'étais dans la cuisine de la villa, je finissais de faire la vaisselle. Il m'a dit :

— J'aimerais que vous me serviez un whisky au salon...

J'ai préparé le plateau, avec la bouteille, l'eau Perrier, les glaçons, le verre.

Au salon, la lumière de la lampe laissait de la pénombre. Il était assis sur le canapé. J'ai posé le plateau au milieu de la longue table basse. Je sentais son regard sur moi. Il paraissait gêné, presque timide :

— Tu as quel âge ?

Il me l'avait demandé brusquement. Je lui ai répondu seize ans. Il y a eu un silence.

— Et tu as un petit ami ?

Je lui ai répondu non. Il a bu une gorgée de whisky, là, devant moi. Je restais debout.

— Moi, à ton âge, j'avais beaucoup de petites amies...

Son ton était arrogant, comme s'il voulait me faire la leçon. J'avais envie de quitter le salon. Il m'a dit d'une voix sèche :

— Tu es une belle fille, tu sais...

Puis il a pris un air crispé et il m'a dit, très vite :

— Vous voulez bien monter dans ma chambre ?

Je ne sais pas pourquoi je suis montée. Il a allumé la lampe de chevet. En appuyant sur mes épaules, il m'a fait asseoir sur le bord du lit. Puis il m'a embrassée. Un long baiser, très appliqué, comme les garçons m'en donnaient vers treize ans, quand ils regardaient leur montre et que nous jouions à plusieurs au « baiser qui durerait le plus longtemps ». Ça m'a un peu étonnée qu'il me fasse un tel baiser à son âge. D'une poussée brusque, il m'a renversée sur le lit et il est venu s'allonger contre moi. De nouveau, il m'a embrassée sur la bouche, toujours ce même genre de baisers « qui dureraient le plus longtemps ». Il s'est un peu écarté de moi. Nous étions allongés, là, côte à côte. Je n'osais pas me lever. Il a allumé une cigarette. Il paraissait nerveux. Il m'en a proposé une. Je lui ai dit non. Il m'a demandé :

— Tu es une vraie jeune fille ?

Qu'est-ce que c'était, une vraie jeune fille ? Je n'ai rien répondu.

— Je veux dire... tu es vierge ?

Il me l'avait demandé de la même manière froide et insistante qu'un docteur. Je lui ai répondu que je ne savais pas. J'ai détourné la tête. Mes yeux sont tombés sur la photo de sa mère.

Puis il s'est couché sur moi. J'ai cru qu'il allait m'étouffer. Il se frottait contre moi et comme il ne s'était pas déshabillé, il ne se passait rien. De nouveau, « le baiser qui durerait le plus longtemps ». Ça me laissait de glace. Je sentais qu'il n'y croyait pas lui-même, et j'avais toujours en tête la question qu'il m'avait posée sur le ton d'un docteur, mais aussi d'un curé. Je me demandais s'il se conduisait de cette manière avec les autres filles, celles du tennis. Ce n'était jamais la même. Il pesait toujours sur moi. Il essayait de m'embrasser dans le cou avec trop d'insistance. C'était laborieux. Il se forçait. Il s'est écarté de nouveau, et je me suis demandé s'il fallait que je reste. Je ne savais plus du tout pourquoi j'étais là. Sur la photo, sa mère nous regardait.

— Tu veux que je te lise quelque chose de très beau ?

J'ai été surprise par cette question. Il a tendu le bras vers la table de nuit et il a pris le livre qui s'appelait *Comme le temps passe...*

— C'est très beau... Le passage s'appelle « La nuit de Tolède... ».

Il a commencé à lire, de cette drôle de voix précieuse de docteur et de curé. La description de la nuit d'amour que passait un couple, dans une chambre d'hôtel, à Tolède. « Ils sont nus l'un contre l'autre... Dans l'innocence du jardin, pendant qu'au-dehors la nuit espagnole... »

Il continuait sa lecture : « Corps de jeune homme debout devant sa proie... Fraternelle bataille... »

J'ai fini par éclater de rire. Il me fixait, bouche bée. Il a posé le livre entre nous. Il avait brusquement un regard très dur et ses lèvres étaient encore plus minces que tout à l'heure. Je ne pouvais plus m'arrêter de rire.

— Fous le camp, petite souillon...

C'était un mot ridicule, qu'on n'employait plus, mais par ce mot il avait voulu certainement m'humilier. Je me suis levée et je suis restée un instant devant la porte. Je le regardais droit dans les yeux, et il ne parvenait pas à me faire baisser le regard. Ses lèvres étaient encore plus minces. On aurait dit qu'il allait m'injurier, d'une voix de fausset. Ou d'une voix de femme, comme celle de sa mère. Ou pousser un sifflement de serpent.

*

Les après-midi et les soirs de vacances où ma tante me laissait libre — deux fois par semaine — je prenais le car pour Annecy. L'arrêt était à la hauteur du grand platane, mais de l'autre côté de la route, avant l'église. Quel plaisir de suivre le chemin inverse de celui du pensionnat... Je n'allais pas jusqu'au terminus. Je descendais à l'arrêt du casino.

Je retrouvais Sylvie, mon amie du pensionnat. Nous nous donnions rendez-vous dans un café qui s'appelait Le Reganne, vers la droite, après la rue du Paquier. Sylvie avait deux ans de plus que moi. Elle avait quitté le pensionnat depuis les vacances de Noël, et comme elle savait taper à la machine, on lui avait proposé un petit travail à la Préfecture. L'été, je dormais chez elle, quand nous allions au cinéma à la séance de vingt et une heures. Ma tante était d'accord, à condition que je sois rentrée à Veyrier-du-Lac le lendemain matin à sept heures précises, pour travailler dans les villas. C'était la seule chose qui comptait pour elle.

Nous flânions dans les rues et dans les magasins et nous allions à la plage des Marquisats.

Vers six heures du soir, nous prenions un verre à la terrasse de la Taverne sous les arcades, ou bien à la terrasse du café du Casino. Le plus agréable, à cette heure-là, c'était de savoir que la soirée se prolongerait jusqu'à minuit.

À la Taverne, en fin d'après-midi, il y avait beaucoup de monde. Des filles et des garçons plus âgés que nous revenaient du Sporting. Ils commandaient des apéritifs, des cocktails compliqués. D'autres arrêtaient leurs voitures décapotables en bordure de la terrasse et buvaient un whisky ou un jus d'orange, là, assis sur leurs capots. Autour de nous, les garçons nous souriaient. Sylvie était aussi blonde que j'étais brune, mais nos yeux étaient de la même couleur : bleus. Et j'avais en plus — paraît-il — « la beauté du diable » mais cela ne me donnait pas confiance en moi.

Ils nous invitaient à leurs tables. Ils avaient cinq, dix, parfois vingt ans de plus que nous. J'ai fini par les connaître... Jacques, dit « Le Marquis », un grand blond qui portait des lunettes noires, des vestes vertes et faisait des paris dangereux ; Pierre Fournier qui promenait en laisse un chat abyssin et secouait sa canne à pommeau ; Dominique, la brune ; elle passait sous les arcades, l'air d'avoir toujours froid dans sa veste de cuir noir au col relevé. On disait qu'elle menait une vie « mystérieuse » à Genève... Zazie, Pimpin Lavorel, Rosy la

Blonde. Claude Brun et Paulo Hervieu : un soir, ils nous avaient emmenées au cinéma voir *La Belle Américaine,* un film qu'ils aimaient bien et qu'ils connaissaient par cœur puisque — nous disaient-ils — ils l'avaient déjà vu « cinquante-trois fois... ». Et tant d'autres, dont je ne me rappelle plus les noms. Mais nous étions un peu sauvages Sylvie et moi. Le plus souvent, nous nous tenions à l'écart. Sylvie me parlait de ses projets. Elle ne voulait pas rester dans la région. Elle comptait bien trouver du travail à Paris. Un cousin de son père s'occupait d'un café, là-bas, dans le quartier de Vaugirard. C'était un nom qui nous faisait rêver. VAUGIRARD.

Et moi ? Elle me demandait si je resterais encore longtemps au pensionnat. J'espérais bien que non. J'aurais voulu travailler comme elle à la Préfecture et ne plus dépendre de ma tante. Nous tirions des plans. L'année prochaine, Sylvie se débrouillerait pour aller à Paris. Elle louerait une chambre et je viendrais à mon tour dans le quartier de Vaugirard.

Nous aurions pu passer nos soirées avec ceux que nous croisions à la Taverne et qui nous auraient invitées à dîner dans les restaurants et même nous auraient emmenées dans les boîtes de nuit de Genève. Mais nous préférions rester toutes les deux.

Sylvie était une fille plus raisonnable que moi. Elle rêvait simplement de partir et d'avoir

un bon travail à Paris, dans le quartier de Vaugirard. Je lui expliquais que je voulais partir
comme elle, mais pour rencontrer LE GRAND
AMOUR. Ici, je ne le connaîtrais jamais. Cela la
faisait rire.

À neuf heures, nous allions au cinéma. Un
soir au Splendid, un autre soir à l'Hollywood
de la rue Sommeiller. Et même là où les places
coûtaient un peu plus cher, au cinéma du Casino et au Vox, près de la Taverne. À l'entracte,
nous prenions des esquimaux.

Nous avions rangé nos vélos contre un arbre,
au début de la promenade du Paquier. À minuit, tout était silencieux. Nous rentrions chez
Sylvie en roulant lentement l'une à côté de
l'autre, le long du lac, sous la voûte de feuillage
de l'avenue d'Albigny.

*

Ce dimanche de la fin de septembre et de la
rentrée des classes où j'attendais le car qui me
ramènerait au pensionnat, ce dimanche m'a
semblé particulièrement triste. Il fallait prendre
le car plus tôt que d'habitude, à quatre heures
de l'après-midi, pour arriver là-haut avant les
vêpres.

Cette nuit-là, au dortoir, je n'ai pas pu m'endormir. J'avais perdu l'habitude de me coucher
si tôt. Le sommeil est venu vers deux ou trois

heures du matin, mais de temps en temps, je me réveillais en sursaut et je ne savais plus où j'étais, sous ces veilleuses bleues.

En classe, aucune fille ne s'est assise à côté de moi pour remplacer la blonde de Cruseilles. Mais je préférais que la place reste vide. De nouveau, je gardais dans ma poche le tube d'Imménoctal. Ces deux mois de vacances, je l'avais caché au fond d'un tiroir, chez ma tante. Maintenant, tout recommençait.

Il s'est passé une drôle de chose. Pendant le mois d'octobre, je me suis rendu compte que je n'avais même plus besoin de ce tube d'Imménoctal pour me donner du courage. Je me pliais à la discipline. Dortoir, salle d'études, ouvroir, préau, réfectoire, chapelle. Mais cela ne me concernait plus. J'étais ailleurs. J'avais l'impression d'entendre un disque usé. Je faisais un tout petit effort pour écouter encore la vieille musique, mais bientôt ce serait fini.

Les sœurs s'étaient aperçues de ce changement. Je leur souriais, mais je ne les écoutais plus. J'oubliais les règlements. Un matin, je me suis mise complètement nue pour faire ma toilette et j'ai traversé ainsi le dortoir jusqu'à mon lit et je me suis allongée un instant, nue, sur mon lit. Si j'avais eu un paquet de cigarettes, j'en aurais fumé une, allongée, les yeux au plafond. Les sœurs et les élèves me regardaient, stupéfaites. J'avais eu un moment de distraction.

La supérieure m'a fait une réprimande. Je lui souriais. À un moment, elle m'a dit :

— Vous avez l'air absente... Vous m'entendez ?

J'ai cru qu'elle allait me secouer par les épaules comme si elle avait voulu me réveiller. J'étais si loin... Je ne l'entendais plus.

*

Pendant les quelques jours de vacances, à la Toussaint, je me suis éloignée encore plus de ce qu'était ma vie au pensionnat. J'avais l'impression que, depuis la rentrée de septembre, je n'étais pas retournée là-haut, mais qu'à ma place, j'y avais envoyé une sœur jumelle.

J'attendais Sylvie, à midi, devant la Préfecture. Nous allions manger un sandwich au Reganne. De nouveau, nous faisions des plans d'avenir. Nous rêvions de Vaugirard. Sylvie paraissait étonnée que dans mes projets je ne tienne plus compte du pensionnat, mais je n'osais pas lui dire qu'en pensée, je l'avais déjà quitté.

À deux heures, je la raccompagnais jusqu'à la Préfecture et nous nous donnions rendez-vous pour le soir. Comme en été, nous irions toutes les deux au cinéma.

Je me retrouvais seule à marcher le long de l'avenue d'Albigny. Je ne savais pas trop quoi faire pour passer le temps. À part Sylvie, je n'avais personne à qui me confier. Je pensais à mon père. Quelqu'un l'avait bien connu à Annecy, un certain Bob Brune qui tenait un café en face de la poste. Je ne l'avais vu qu'une seule fois à l'âge de douze ans. Le docteur m'avait envoyée d'urgence dans une clinique parce que j'avais une crise d'appendicite aiguë. On m'avait opérée et j'étais restée une semaine dans cette clinique. Le jour de ma sortie, ce Bob Brune était venu me chercher et m'avait témoigné beaucoup de gentillesse. J'avais remarqué qu'il signait des papiers dans le bureau de la clinique et qu'il leur donnait de l'argent. Plus tard, j'ai compris que ma mère et son mari, par avarice, avaient demandé à Bob Brune de payer la clinique. J'avais eu honte pour eux et pour moi.

Le vendredi après-midi de la Toussaint, j'ai remonté la rue Royale, le cœur battant. J'ai fait les cent pas devant la poste, puis je me suis décidée.

C'était l'heure creuse de l'après-midi. Il n'y avait personne dans le café. Sauf derrière le zinc, cet homme qui s'appelait Bob Brune. Un type trapu au visage large avec des cheveux roux. Il n'avait pas changé depuis mes douze ans. Il lisait le journal. Je me suis rapprochée.

— Mademoiselle...

Il avait levé la tête de son journal. Il m'a regardée mais il n'avait pas l'air de me voir. Je lui ai dit :

— Je suis la fille de...

Je n'arrivais pas à prononcer le prénom de mon père. J'avais peur brusquement qu'il ne se souvienne plus.

Il a froncé les sourcils et cette fois-ci, il m'a bien regardée. Il m'a dit :

— La fille de Lucien ?

Nous sommes restés un moment à nous observer en silence. J'ai cru que j'allais éclater en sanglots. Mais il m'a dit comme si j'étais une simple cliente :

— Qu'est-ce que vous voulez boire ?

J'ai retrouvé mon calme. Il nous a servi à tous les deux un cognac sans me demander mon avis.

*

Dans la rue Royale, la tête me tournait, à cause du cognac et de tout ce qu'il m'avait dit sur mon père. Une tête brûlée. À vingt ans, il faisait les quatre cents coups. Il a continué pendant la guerre. Le maquis. Après, il n'a pas pu s'adapter. Ce n'était pas son genre, la vie tranquille. Un trafic d'or à la frontière suisse. Les femmes. Les coups de cafard. Il récitait toujours le même poème : *Je me souviens/Des jours anciens*... « Et ton père, chaque fois qu'il nous serrait la main, avait l'habitude de dire en plaisantant : "Toujours cinq doigts ?" » Il y a eu aussi l'époque du garage des Balmettes... Les mots se bousculaient et je ne savais pas grand-chose de plus, sauf que mon père avait marché dans les mêmes rues que moi. Lui aussi avait dû prendre un verre à la terrasse de la Taverne. Il était allé au cinéma Vox. Il me semblait, en descendant la rue Royale, que je marchais dans son ombre. Ma mère et ma tante ne m'avaient jamais parlé de lui, comme si elles voulaient l'oublier et que, justement, il était une grande tache d'ombre. Et je comprenais maintenant que, pour elles, je faisais partie de cette ombre. C'était à cause de cela qu'elles me témoignaient de l'indifférence et me lançaient toujours leurs regards méfiants. Elles ne m'aimaient pas. Moi non plus, je ne les aimais pas. Nous étions quittes.

Je ne m'étais pas aperçue que je suivais l'avenue d'Albigny et que j'avais dépassé la Préfecture. Je marchais tout droit devant moi et il avait commencé à pleuvoir. *Je me souviens des jours anciens.* Il faudrait que j'apprenne ce poème.

*

Le lundi, après la Toussaint, nous nous sommes donné rendez-vous, Sylvie et moi, comme d'habitude, au Reganne. Je voulais lui parler de mon père mais je ne trouvais pas les mots. La veille aussi, quand nous marchions sur la promenade du Paquier et que nous croisions tous ces gens en habits du dimanche avec leurs enfants, leurs chiens, j'avais envie de me confier à elle. Mais je suis restée silencieuse et je pensais que, parmi tous ces gens, quelqu'un avait connu mon père.

Le soir, nous sommes allées au cinéma, mais je n'arrivais pas à suivre l'histoire du film. Il fallait rentrer chez les sœurs et cette perspective, pour la première fois, me donnait envie de rire. C'était comme si on m'obligeait à m'habiller avec les vêtements que je portais petite fille. En trois jours, j'avais l'impression d'avoir vieilli de dix ans.

*

J'attendais le car, devant le platane. J'étais seule. Il faisait nuit. Pendant la journée, je m'étais demandé s'il allait neiger. Les mêmes événements — la neige, la Toussaint, les feuilles mortes, les giboulées de mars — revenaient toujours aux mêmes dates. Nous entrions dans l'hiver. On aurait de nouveau froid dans les dortoirs, si froid qu'on ne se déshabillerait plus du tout et qu'on n'aurait même plus envie de se laver à l'eau froide. Et les heures de récréation se passeraient sous le préau, à cause de la neige, le préau au fond duquel il y avait la rangée des toilettes dont les portes ne fermaient pas. Et je ne pouvais dire à personne que tout cela n'avait pas de sens pour moi. Mon père lui, au moins, m'aurait comprise.

J'ai senti que j'étais dans son ombre. Je ne savais plus pourquoi j'attendais devant ce platane. J'ai eu envie de rire. Une tête brûlée. Des coups de cafard. J'ai traversé la route.

Le car s'est arrêté à la hauteur du platane. Peut-être le chauffeur attendait-il que je monte. Mais il n'y avait personne. J'étais de l'autre côté de la route. Je voyais à travers les vitres les têtes des passagers assis, et les autres, debout dans la travée. On aurait dit qu'il y avait plus de monde que d'habitude. La portière a claqué. Le car est reparti, avec son bruit de moteur poussif. Il passerait devant la villa des Tilleuls, le château de Menthon-Saint-Bernard, le cimetière d'Alex. Toujours la même route.

*

J'ai pris l'autre car, celui pour Annecy, qui venait en sens inverse et s'arrêtait devant l'église. Il n'y avait que trois passagers, trois types en uniforme. Ils devaient rentrer à leur caserne, comme moi j'aurais dû rejoindre mon pensionnat. Ils parlaient fort et, un moment, j'ai cru qu'ils allaient m'importuner. Quand le car a dépassé le tournant de Chavoires et s'est engagé dans la ligne droite, le long du lac, j'ai été prise d'une panique. Je me demandais ce que je pourrais bien faire à Annecy. Je n'avais pas d'argent sur moi. Je suis descendue à l'arrêt du casino.

Personne. Derrière moi, l'avenue d'Albigny, déserte, avec ses arbres qui avaient perdu leurs feuilles. Sous la clarté pâle des lampadaires, elle semblait fuir, toute droite, jusqu'à l'infini. Le café du Casino était fermé, mais une lumière brillait derrière la baie vitrée du premier étage. Des silhouettes étaient assises autour d'une table. Le Club où quelques femmes chez qui nous travaillions dans les villas jouaient au bridge une fois par semaine.

Une lumière aussi, à l'entrée du cinéma. Le jet d'eau était arrêté. Pas une seule voiture. Tout était silencieux. À part les silhouettes derrière la baie vitrée, on aurait dit qu'il n'y avait plus que moi dans la ville. J'éprouvais une sensation de vide. La panique est revenue. J'étais seule, je n'avais plus aucun recours dans cette ville morte. Je n'osais pas me réfugier chez Sylvie. Ses parents seraient là. Il faudrait que je m'explique devant eux. Je ne voulais pas la compromettre. J'allais peut-être sortir de ce rêve. Mais pour me retrouver où ? Dans le dortoir du pensionnat ?

J'ai suivi la rue Royale en espérant rejoindre, dans son café, ce Bob Brune qui avait connu mon père. Je lui demanderais de m'aider. Je marchais vite. J'essayais de respirer le plus régulièrement possible. La panique était toujours là. Rue de la Poste, le café était fermé. Je suivais la rue Royale en sens inverse. Mes pas résonnaient sur le trottoir. Il ne faisait pas tout à fait noir. La vitrine de la librairie était éclairée. Et aussi l'entrée de l'hôtel d'Angleterre.

Je suis arrivée au bout de la rue du Paquier, à la hauteur de la Taverne. Je me suis engagée sous les arcades. L'entrée du Vox était encore allumée. Une femme, assise derrière la caisse vitrée, là où l'on prend les billets de cinéma. Je marchais au hasard. J'avais le vertige. J'ai tourné à droite en suivant les arcades. Mes pas résonnaient encore plus fort que dans la rue Royale. J'ai fait demi-tour. De nouveau je suis passée devant la Taverne. J'ai regardé derrière la vitre. La salle était vide. Sauf trois personnes, tout au fond, à une table. J'ai reconnu la fille, assise sur la banquette : Gaëlle, une blonde, une ancienne camarade de classe de l'école Sainte-Anne. À l'époque, déjà, elle se maquillait. Maintenant, elle travaillait dans une parfumerie de la rue Royale.

Je suis entrée, j'ai marché vers leurs tables. Gaëlle et les deux types me fixaient, d'un air inquiet. Je devais avoir une drôle de tête, puisque l'un des types m'a demandé :

— Vous vous sentez mal ?

Les néons le long du mur m'éblouissaient. Je ne voyais plus très bien leurs visages. L'un des types me prenait par le bras et me faisait asseoir sur la banquette, à côté de Gaëlle.

— Un cognac... Ça ira mieux...

Je buvais le cognac tout doucement. C'est vrai, ça allait mieux. Je m'habituais aux néons. Tout redevenait net autour de moi. Je voyais même plus net que d'habitude, comme dans les films en relief, Et leurs paroles aussi résonnaient plus fort.

— Ça va mieux ?

Il me souriait. Gaëlle et l'autre type, aussi, me souriaient. Je les avais reconnus tous les deux. Celui qui m'avait fait asseoir, c'était Lafon, un brun d'environ trente-cinq ans, le visage rond, toujours en train de rire et de parler, les soirs d'été, à la terrasse de la Taverne. Il offrait l'apéritif, on rapprochait les tables, et il trônait là, au milieu de tout ce monde. Il vendait des tissus entre Lyon et la Suisse. L'autre aussi fréquentait la Taverne pendant l'été. Un brun, mince, un peu plus jeune que Lafon. Il s'appelait Orsini. On disait qu'il vivait à Genève. On ne savait pas grand-chose sur lui.

Gaëlle m'a demandé ce que je faisais là, toute seule. Je leur ai dit que je n'étais pas rentrée au pensionnat parce que j'avais manqué le car.

— À votre âge, vous êtes encore au pensionnat ? m'a demandé Lafon.

Orsini semblait aussi étonné que Lafon.

— Quel âge vous lui donnez ? a demandé
Gaëlle.

— Vingt ans, a dit Orsini.

— Elle en a seize comme moi, a dit Gaëlle.

— Attention, a dit Lafon en levant l'index
d'un air sérieux. On ne plaisante plus, ce soir...
Vous avez vingt et un ans... Vous êtes majeures.

Et c'était vrai que, Gaëlle et moi, on aurait
pu croire que nous avions vingt et un ans.

— On vous ramènera demain matin au pensionnat, m'a dit Orsini.

Je me suis demandé pourquoi demain matin.

— Mais oui, a dit Gaëlle. Ce n'est pas grave
que tu aies loupé ton car...

Elle était maquillée, comme d'habitude, avec
de l'eye-liner et du rouge à lèvres et portait ses
cheveux bruns mi-courts. On aurait dit qu'elle
sortait de chez le coiffeur. Ses ongles étaient
longs, vernis de rouge. Sauf l'ongle majeur de
sa main droite, coupé ras. J'aurais préféré être
tombée sur Sylvie. Mais Sylvie était rentrée depuis longtemps à cette heure-là.

— Vous venez dîner avec nous ? m'a demandé Orsini.

J'étais prise d'un engourdissement. Je me
suis levée et je marchais avec eux sous les arcades, comme dans un rêve. Tout était facile, je

me laissais glisser. La voiture était garée au coin de la rue du Lac et sa présence me semblait insolite comme si elle était la seule voiture dans la ville.

— J'ai la flemme de marcher, a dit Lafon.

Gaëlle s'est assise à l'avant avec lui. Nous étions serrés à l'arrière, Orsini et moi, parce qu'il y avait une valise de cuir sur la banquette. Il m'entourait l'épaule de son bras. Lafon a démarré. J'ai éclaté de rire. C'était sans doute le cognac et la panique que j'avais éprouvée tout à l'heure. Elle reviendrait peut-être plus tard. Il ne fallait pas y penser mais se laisser aller doucement. Je ne savais même plus pourquoi je me trouvais dans cette voiture.

*

L'Auberge de Savoie était aussi vide que la Taverne. Le maître d'hôtel nous a donné les cartes des menus. Je n'avais pas faim. J'étais souvent passée devant ce restaurant, chaque fois que je traversais la place Saint-François, et je n'aurais jamais pu imaginer qu'un soir... Je croyais que l'Auberge de Savoie était réservée aux riches, ceux qui habitaient les villas où nous travaillions, ma tante et moi.

Ils ont chacun choisi leurs plats. Gaëlle aussi. J'étais étonnée de son aplomb. Elle a choisi du foie gras et des huîtres. Elle voulait que je prenne la même chose, mais ça me donnait mal au cœur. Lafon m'a demandé si je préférais la viande.

— Vous êtes très pâle, a dit Orsini. Il faut vous nourrir.

Il me regardait avec gentillesse. Mais pouvait-on vraiment y croire ?

— Tu ne vas pas refuser de dîner, a dit Gaëlle. Ce serait impoli...

Elle prenait un ton sérieux. On aurait cru qu'elle avait reçu une bonne éducation.

— Vous vous connaissez depuis longtemps ? a demandé Lafon, comme s'il lisait dans mes pensées.

— Nous étions à l'école ensemble, a dit Gaëlle.

— On devait apprendre de drôles de trucs dans cette école, a dit Orsini avec son sourire gentil mais qui devait cacher quelque chose.

Comme ils insistaient, j'ai fini par prendre une salade de fruits et une glace. Lafon avait commandé du champagne. J'étais la seule à ne pas boire.

*

Sur la place Saint-François, j'ai eu peur qu'ils me laissent seule. Orsini m'a entouré l'épaule. J'étais soulagée. Je les aurais suivis n'importe où.

Nous sommes montés dans la voiture aux mêmes places que la première fois. Gaëlle s'est tournée vers moi ·

— Ne t'inquiète pas pour le pensionnat. On a toute la nuit devant nous... Moi aussi je dois travailler demain matin à huit heures...

Lafon a démarré. Ils voulaient aller au Cintra de la rue Vaugelas. La main d'Orsini me pressait l'épaule.

Personne. Pas une voiture. On avait éteint le cinéma du Casino et la baie vitrée du premier étage. Quand j'ai vu l'avenue d'Albigny déserte et toute droite sous la clarté des lampadaires, la panique est revenue.

Il faisait noir, rue Vaugelas. J'ai aperçu la petite lumière rouge du Cintra. À notre entrée, l'homme qui se tenait derrière le bar a sursauté comme s'il s'était assoupi.

— Nous allions fermer...

— Vous voyez, a dit Lafon. Il y a toujours de bonnes surprises à la dernière minute...

Nous nous sommes assis à une table. J'avais envie de boire pour calmer ma panique. J'ai demandé si je pouvais prendre un whisky. Gaëlle m'a passé une main dans les cheveux, d'un geste qu'elle voulait protecteur.

— Alors, toi aussi, tu t'y mets ? Tu devrais le prendre avec du soda...

J'ai trinqué avec les autres, J'ai avalé une

grande gorgée. Le goût était amer, mais la panique se dissipait.

Nous n'avions plus besoin de parler, l'homme du bar avait mis de la musique. Gaëlle appuyait sa joue contre l'épaule de Lafon et d'un clin d'œil m'indiquait que je devais en faire autant avec Orsini. J'étais prête à tout pour que ma panique ne revienne pas. Mes yeux s'étaient posés sur une affiche accrochée au mur : *Protection des mineurs contre l'ivresse publique.* J'avais envie de rire. Qui m'avait protégée, moi ? Tout se mélangeait dans ma tête. Le type de la villa de Talloires, là, sur son lit, en train de me lire « La nuit de Tolède ». Et la photographie de sa maman — comme il disait — sur le mur de la chambre. Moi, ma mère ne m'avait jamais protégée. La seule fois où elle m'avait raccompagnée au pensionnat, elle l'avait fait à quatre heures de l'après-midi au lieu de sept heures du soir, pour se débarrasser plus vite de moi. Chaque dimanche, je me procurais deux tablettes de chocolat noir parce que nous crevions de faim dans ce pensionnat. Ma mère, ce dimanche-là, avait dit à son mari d'arrêter la voiture devant une boulangerie et nous étions entrées dans le magasin toutes les deux pour qu'elle m'achète le chocolat. Mais, au moment de payer, elle s'était aperçue qu'elle n'avait pas d'argent sur elle. J'ai pensé qu'elle allait en demander à son mari. Elle m'a dit, l'air gêné :

— Ne lui en parle pas... Je t'achèterai du chocolat un autre jour...

Elle n'avait pas voulu le lui demander. Elle préférait lui faire économiser un peu d'argent et me laisser crever de faim. Je comptais pour rien. Ça m'avait frappée, cette histoire de chocolat.

— Vous avez l'air triste, a dit Orsini.

Ils me considéraient tous les trois en silence. Gaëlle avait les yeux fixés sur mes chaussures.

— Tu devrais quand même t'acheter d'autres chaussures...

Elle voulait peut-être me donner des leçons d'élégance. Ou bien tout simplement dire quelque chose pour détendre l'atmosphère.

— Il y en a de très jolies, chez Cédric... Je te les montrerai demain...

Ils ont fini par danser. Gaëlle avec Lafon. Puis avec Orsini. Moi, je leur ai dit que je ne savais pas danser. Lafon et Orsini, chacun à son tour, ont insisté mais j'ai refusé. Je ne les écoutais plus. Je n'écoutais que la musique, une musique triste, voilée, et j'avais l'impression qu'elle ne venait pas de l'extérieur mais de moi. L'une de ces musiques que l'on n'entend pas, à cause du brouhaha des conversations et dont la mélodie résonne, très tard, dans le silence, avant qu'elle ne soit de nouveau étouffée. Leurs visages se brouillaient, ils bougeaient les lèvres pour parler, mais je ne les entendais

90

pas. J'avais oublié où j'étais et les circonstances qui m'avaient fait échouer dans cet endroit. Un couple dansait. Toujours le même. Gaëlle et Orsini. Lafon et Gaëlle. Et moi, je n'étais plus que cette musique lointaine dont on croyait qu'elle allait s'interrompre mais qui reprenait, de plus en plus lente, comme si elle voulait profiter du silence pour qu'on l'entende un peu.

*

Dans la rue Vaugelas, je me suis aperçue brusquement que je n'avais plus le sac de voyage que j'emportais chaque dimanche au pensionnat avec du linge propre et les tablettes de chocolat. Je l'avais oublié tout à l'heure à la Taverne.

Cette fois-ci, Orsini s'est mis au volant et je me suis assise à côté de lui, Lafon lui a demandé de les déposer lui et Gaëlle tout de suite à l'hôtel d'Angleterre. Après, j'irais avec Orsini chercher le sac de voyage, si la Taverne n'était pas fermée.

La voiture s'est arrêtée devant l'hôtel d'Angleterre et Gaëlle m'a passé sa main dans les cheveux.

— À tout à l'heure, ma grande, a-t-elle dit.

Elle suivait, au bras de Lafon, l'allée de gravier qui menait à l'hôtel. Elle titubait un peu.

Orsini a fait demi-tour et nous avons descendu la rue Royale.

La Taverne était sur le point de fermer. On avait déjà disposé les chaises sur les tables et l'un des garçons balayait la salle sous la lumière d'un seul tube de néon. Mon sac de voyage était là, posé sur une table.

— Alors, je te ramène au pensionnat? m'a demandé Orsini.

Il me tutoyait. Il a engagé la voiture dans l'avenue d'Albigny et je me suis dit qu'il allait suivre cette avenue déserte et droite sous les lampadaires, puis continuer le chemin habituel, celui des cars du dimanche soir. Mais, arrivé à la hauteur de la Préfecture, il a fait demi-tour. Et, à cet instant-là, j'ai eu l'illusion que ma vie prendrait un cours nouveau. C'était fini pour moi, la période où tout est encore en suspens, où l'on se trouve à la lisière de tout, un peu comme dans une salle d'attente.

Il me semblait que la voiture roulait de plus en plus lentement et que j'entendais la musique de tout à l'heure, tandis que nous traversions les rues vides.

Il s'est arrêté à l'entrée de l'hôtel d'Angleterre. Nous avons suivi l'allée de gravier jusqu'au bureau de la réception, où il n'y avait plus personne. J'ai monté l'escalier derrière lui. Au premier étage un couloir, éclairé par une veilleuse. La clé était restée sur la porte de la chambre.

Il m'a laissée entrer la première. La chambre était grande et dans la demi-pénombre. Tout au fond, la porte entrouverte de la salle de bains découpait un rectangle de lumière. Dans le coin gauche, Gaëlle et Lafon étaient allongés sur un divan, mais je les voyais à peine. Gaëlle poussait des gémissements de plus en plus forts. Orsini a fermé la porte à clé de l'intérieur et m'a guidée vers le lit, un lit aux barreaux de cuivre. Plus tard, il a paru surpris. Je n'étais même pas vierge — d'après lui.

*

Je ne suis plus retournée au pensionnat et je n'ai plus jamais revu ma tante ni ma mère. Pour moi, ce n'était pas une très grosse perte. Par Bob Brune, l'ancien ami de mon père, j'ai trouvé une place de serveuse dans un café-salon de thé, rue du Lac, sous les arcades. Dans le même immeuble que le salon de thé, on m'a donné une petite chambre, au dernier étage.

En janvier, Sylvie est partie à Paris. Elle m'a dit qu'elle allait travailler chez son oncle à Vaugirard et qu'elle me ferait venir, comme nous en avions le projet depuis si longtemps. Au bout de quinze jours, j'ai reçu d'elle une carte postale où elle avait écrit : « Tout va bien. À bientôt. Je t'embrasse. » Elle ne me donnait pas son adresse. Le cachet de la poste de Paris portait le nom : « Rue des Renaudes ». Et puis, je n'ai plus reçu d'elle aucune nouvelle. Elle avait dû m'oublier.

L'hiver a passé et les journées étaient monotones. En semaine, il n'y avait pas beaucoup de clients au salon de thé. Ils venaient le samedi et le dimanche, pendant les vacances de Mardi gras et celles de Pâques. Je ne portais plus le tablier noir du pensionnat avec le liséré rouge au col mais un autre uniforme, une jupe noire et un petit tablier en dentelle. Les mêmes gestes, les mêmes mots, chaque jour. Ce n'était plus dortoir, études, réfectoire, chapelle. C'était éclairs au chocolat, thé au lait, expresso, glace pistache fraise, macaron, un peu plus de sucre s'il vous plaît mademoiselle. Le soir, après le travail, j'étais libre de marcher dans les rues et d'aller au cinéma. Ces mois d'hiver et de printemps, je n'ai vu presque personne. Je préférais rester seule. Pendant près de cinq ans, au pensionnat, j'avais vécu sans arrêt avec les autres. Pas un seul moment de la journée où je pouvais être seule, pas une activité quotidienne que nous ne faisions en groupe : manger, dormir, se laver... Les premiers temps, j'étais étonnée d'avoir une chambre à moi et je me réveillais en sursaut la nuit en croyant que j'étais sous la veilleuse bleue du dortoir. Il fallait que j'allume la lampe pour me rassurer. Non, c'était fini, et bien fini.

Le soir, quand je faisais une promenade, j'aurais pu aller dans le jardin public ou sur le Champ de Mars, du côté de l'avenue d'Albigny, ces endroits qui attirent les touristes, avec la vue sur le lac. Je suivais le chemin inverse. Sans y réfléchir, mes pas me ramenaient toujours sur la place de la Gare.

La nuit, j'entrais dans le hall de la gare et je m'asseyais sur un banc du quai d'où partait le train pour Paris. Je me persuadais que j'allais le prendre et laisser derrière moi tout ce qui avait été ma vie jusque-là. Mais, à la différence de Sylvie, une fois arrivée à Paris, j'aurais voulu fuir encore plus loin, dans un pays où l'on ne parle pas français, pour couper définitivement les ponts.

Je retournais dans ma chambre. Sur le chemin, rue Royale, j'éprouvais un découragement. Je resterais engluée jusqu'au bout dans cette ville et je ne rencontrerais jamais personne qui puisse m'entraîner ailleurs. Et l'élan que je sentais en moi, j'avais peur qu'il s'affaiblisse, de jour en jour.

*

La belle saison est revenue. C'était l'été de mes dix sept ans. En juin, ils m'ont avertie qu'ils ne pourraient plus me garder comme serveuse le mois suivant. Alors, je me suis présentée à la réception de l'hôtel Impérial, de la part de Bob Brune, pour parler au concierge. Je lui ai dit que j'étais à sa disposition si parmi les riches estivants de l'hôtel quelqu'un avait besoin d'une baby-sitter, ou même s'il y avait une place de serveuse ou de femme de chambre.

Le concierge m'a regardée d'un œil attentif et m'a promis qu'il ferait son possible pour me trouver du travail. Puis il m'a dit :

— Vous irez loin, vous...

Il a répété :

— Vous irez loin...

Peut-être voulait-il me donner du courage. Ce jour-là, je me sentais particulièrement abattue. Je n'avais pas beaucoup de perspectives d'avenir. Trois jours plus tard, le concierge m'a fait prévenir qu'une dame, à laquelle il m'avait recommandée, m'attendait à l'Impérial.

Elle s'appelait madame El-Koutoub, elle avait au moins soixante-dix ans ou même plus — mais en paraissait cinquante. Elle habitait à la fois Lausanne et Paris et se trouvait en vacances pour l'été, à l'Impérial. Mon rôle auprès d'elle serait celui d'une « dame » de compagnie. Je devrais aussi m'occuper de son chien.

Dès notre première rencontre, ce qui me frappa chez madame El-Koutoub, c'est qu'elle n'avait pas du tout le genre des bourgeois que j'avais côtoyés dans les villas des bords du lac.

Elle me parlait familièrement, comme si j'étais sa fille ou sa petite-fille, avec un accent très particulier dont le concierge m'expliqua qu'il était celui des « faubourgs de Paris ». Il me confia aussi qu'elle avait été danseuse à vingt ans. Aujourd'hui, elle était veuve.

*

Le mois de juillet que j'ai passé auprès d'elle aura été pour moi la seule belle période de cet été-là. Il faut dire que mon travail était beaucoup moins fatigant qu'avec ma tante, les saisons précédentes, dans les villas ; et même que mon poste de serveuse dans le salon de thé où je restais debout toute la journée.

Je devais promener le chien boxer de madame El-Koutoub, qu'elle avait appelé Bobby-Bagnard parce qu'elle lui trouvait une gueule de voyou. Je tenais compagnie à madame El-Koutoub pour le déjeuner sur la grande terrasse du restaurant de l'Impérial, face au lac. Auparavant, je m'étais occupée du repas du chien, qu'il prenait dans la chambre, et je l'avais emmené avec moi pour qu'il rejoigne sa maîtresse dans le restaurant de l'hôtel. À quatre heures de l'après-midi puis à sept heures, je promenais le chien. Puis j'accompagnais madame El-Koutoub au casino. Elle y restait jusqu'à onze heures du soir, et le concierge m'avait expliqué qu'elle y jouait au baccara. Je gardais le chien dans la chambre et le sortais vers dix heures pour une dernière promenade. J'allais chercher à onze heures madame El-Koutoub devant le casino et la raccompagnais à l'Impérial. Alors, elle me donnait une enveloppe où chaque jour je trouvais trois billets de cent francs. Et une feuille de papier à lettres bleu. Il y était gravé, en haut à gauche :

ÉLIETTE EL-KOUTOUB

1, avenue du Maréchal-Maunoury

Paris XVIᵉ

Et, en travers de la feuille, tracé de sa grande écriture, ce mot : MERCI.

Le premier jour, j'ai cru que c'était le salaire du mois. Je lui ai dit qu'elle pouvait me payer à la fin de juillet. Mais elle a haussé les épaules. Elle m'a dit :

— Ma petite, il vaut mieux être payée tous les jours... Crois-en mon expérience... C'est plus prudent...

Deux fois par semaine, je l'accompagnais en taxi à Lausanne avec le chien. Elle y habitait la plupart du temps — à l'hôtel Beau Rivage. Et d'ailleurs, elle avait décidé, à partir de cette année-là, d'y rester définitivement. Après ce séjour à Annecy, elle ne passerait plus la frontière. Elle m'avait expliqué que la France et Paris lui rappelaient trop de souvenirs. À Lausanne — me disait-elle — le temps s'était arrêté. On ne pensait plus à rien. « C'est à Lausanne que viennent finir leurs jours les femmes comme moi qui ont vécu plusieurs vies. »

Le taxi nous déposait à l'hôtel Beau Rivage où madame El-Koutoub retrouvait des amis pour une partie de canasta. Je promenais le chien dans le parc de l'hôtel. Après le court de tennis, nous suivions un chemin le long duquel, sur une pelouse en pente, il y avait de toutes petites tombes — des tombes de chiens où étaient inscrits leurs noms et des phrases en anglais, en français, en espagnol, en allemand. Les dates indiquaient que ces chiens avaient vécu dans la première partie du siècle et qu'ils étaient originaires de divers pays. L'un d'eux était né en Amérique. Il n'y avait pas que les femmes comme madame El-Koutoub qui finissaient leurs jours à Lausanne. Les chiens aussi.

Je dînais avec Bobby-Bagnard à l'hôtel. Le taxi venait nous chercher vers onze heures et nous retournions tous les trois à Annecy. Ces jours-là, madame El-Koutoub me payait cinq cents francs.

Je m'attachais à elle et à ce chien. Au cours de nos promenades dans le parc de l'hôtel Impérial ou celui du Beau Rivage, le chien s'arrêtait de temps en temps et me fixait d'un drôle de regard. Il semblait ne pas me prendre très au sérieux et vouloir m'indiquer que pour le moment nous étions en de bonnes mains.

Pourvu que ça dure. Souvent, à Annecy, vers dix heures du soir, je l'entraînais dans une plus grande promenade. Nous allions tous les deux jusqu'à la place de la Gare. Au retour, je n'avais pas besoin de le mettre en laisse. Il devait en savoir long sur la vie, aussi long que madame El-Koutoub.

Dans le taxi qui nous emmenait à Lausanne, elle me témoignait de la gentillesse et me posait des questions sur ma vie. Un jour, elle m'a serré le bras et m'a dit en souriant :

— Toi, j'ai l'impression que tu es de la trempe des Éliette El-Koutoub...

Je n'ai pas très bien compris, sur le moment. Les hommes — m'avait-elle dit — l'avaient comblée « sur tous les plans », et elle croyait que ce serait pareil pour moi, bien que nous n'ayons pas le même physique. À mon âge, elle avait été une blonde au regard émeraude. Elle aurait voulu me donner des conseils, mais elle pensait que le monde avait changé depuis sa jeunesse. Les hommes n'étaient plus vraiment des hommes. Ils étaient devenus avares et mesquins. Des gagne-petit. Je lui ai dit que moi, ce n'était pas l'argent qui m'intéressait, mais le grand amour.

— Tu sais, l'argent n'empêche pas le grand amour...

Elle était songeuse, et même triste, brusquement. Sur la route de Lausanne, le chauffeur de taxi avait l'habitude d'allumer la radio. Une chanson que nous aimions bien, madame El-Koutoub et moi, passait souvent à la radio, cet été-là :

> *L'amour, c'est comme un jour,*
> *Ça s'en va, ça s'en va, l'amour...*

*

Un matin que j'arrivais à l'hôtel, le concierge m'a dit que madame El-Koutoub n'était plus là. Elle était partie dans la nuit avec Bobby-Bagnard, sans donner d'explications. Elle avait laissé une enveloppe pour moi. Mille francs en billets de cent francs et « Merci » de sa grande écriture.

Ce départ m'a fait de la peine. Les gens ont une curieuse manière de disparaître... Au cours des jours suivants, j'ai beaucoup pensé à madame El-Koutoub, à son chien, à Sylvie, à mon père... Le soir, mes pas m'ont ramenée vers la gare et le café de la rue de la Poste.

Bob Brune faisait ses comptes derrière le zinc et s'apprêtait à fermer le café. Justement, il était content de me voir. Il avait trouvé quelques souvenirs de mon père qu'il voulait me donner.

Une mallette de cuir marron clair. Elle contenait des livres, des photos, un revolver et des balles dans une petite boîte. Il a sorti le revolver et m'a expliqué que c'était celui dont mon père se servait pendant la guerre et « après ». C'était un excellent tireur. Il a tenu à me montrer comment marchait le revolver ou plutôt le « pistolet automatique ». Bien que je n'aime pas les armes, j'ai suivi sa démonstration. Après tout, pour mieux comprendre un père inconnu, il faut essayer de marcher sur ses traces et de refaire les mêmes gestes que lui. Sur les photos, mon père était souvent avec une femme, mais ce n'était jamais ma mère.

Le soir, j'ai commencé à lire les livres qu'il avait lus, puisqu'ils étaient dans la mallette :

La rue du Chat-qui-pêche

La vie de Mermoz

Manuel d'alpinisme

Manuel de camouflage

Et un petit livre vert pâle : *Anthologie des poètes du XIXe siècle,* où il avait souligné deux vers : « Je me souviens/Des jours anciens... », mais je n'en savais pas plus long sur lui.

*

Vers la fin du mois d'août, le concierge m'a indiqué des clients de l'Impérial qui cherchaient une baby-sitter. Un couple très riche d'une trentaine d'années, monsieur et madame Frédéric Aspen. Madame était une blonde dédaigneuse qui semblait toujours bouder. Elle ne m'a pas dit un seul mot et je l'ai à peine vue. Monsieur m'a déplu au premier abord : un Français, dédaigneux lui aussi, avec des caprices d'enfant gâté. Il louait en permanence le court de tennis de l'hôtel parce qu'il ne supportait pas qu'on joue sur ce court s'il n'était pas là. Il avait loué aussi un hors-bord et il faisait, pendant toute la journée, du ski nautique avec sa femme. Il était cassant, mais il voulait tenir sous son charme ceux qu'il jugeait ses inférieurs. C'est ainsi qu'il m'avait dit :

— Non... ne m'appelez pas monsieur... C'est idiot entre nous...

Et il me fixait d'un regard à la fois méprisant et amusé, sous des paupières lourdes. Mais je m'obstinais à l'appeler monsieur. C'était un blond frisé, presque crépu, au teint bronzé et aux yeux bleus, dont le concierge m'avait dit qu'il ressemblait à « l'héritier de la couronne d'Italie », comme si j'avais pu savoir de qui il s'agissait.

Pendant trois jours, j'ai surveillé leurs deux enfants. Je les emmenais se baigner sur la plage du Sporting. Ensuite, je les faisais déjeuner à la terrasse du restaurant et je les accompagnais dans leur chambre pour leur sieste. De nouveau, piscine à cinq heures. Puis dîner à sept heures et demie dans leur chambre, voisine de celle de leurs parents. Coucher à neuf heures. J'attendais jusqu'à minuit le retour de monsieur et madame Aspen. Je lisais l'un des livres de mon père : *La rue du Chat-qui-pêche*.

Au bout de ces trois jours, ils sont partis avec leurs enfants à Genève où ils habitaient. Mais le lendemain, monsieur Aspen a téléphoné au concierge. Ils avaient encore besoin d'une baby-sitter pendant une semaine à Genève, le temps que la gouvernante des enfants revienne de vacances. Et ils auraient aimé que ce soit moi. Je ne sais pas pourquoi j'ai accepté. Sans doute pour gagner un peu d'argent avant de quitter définitivement la région. Pour où ? Je l'ignorais encore mais je voulais que cela soit le plus loin possible. Et puis le concierge m'a conseillé d'y aller. Il éprouvait un certain respect pour « monsieur Frédéric », peut-être à cause de sa ressemblance avec l'héritier de la couronne d'Italie. Il m'a expliqué que le grand-père de monsieur Frédéric, un Français, avait fait fortune en Amérique avant la guerre, grâce à l'invention d'une matière plastique qu'on utilisait beaucoup dans l'industrie. Monsieur Frédéric avait hérité, depuis dix ans, de son grand-père. Il vivait en Suisse et en Amérique de sa fortune et, évidemment, elle était si considérable, cette fortune, que monsieur Frédéric se sentait un peu au-dessus des lois et des contingences que doit subir le commun des mortels. Il passait souvent quelques jours à l'Impérial d'Annecy, parce que sa mère l'y avait emmené, enfant. D'ailleurs, c'était touchant à quel point il aimait sa mère. Cette remarque du concierge aurait dû éveiller ma méfiance. L'autre aussi, à Talloires, aimait beaucoup sa mère.

*

Il fallait que je me présente chez monsieur et madame Aspen avant l'heure du dîner. À la gare routière, j'attendais le car pour Genève et c'était un dimanche soir. Un peu plus loin, sur la place de la Gare, un autre car était à l'arrêt et son moteur tournait déjà : celui qui me ramenait, chaque dimanche, au pensionnat.

J'ai éprouvé un malaise. J'essayais de le combattre. Après tout, je n'étais pas obligée d'aller travailler à Genève. Mais je me disais que, pour quinze cents francs et pour une semaine, cela en valait peut-être la peine. Je suis montée dans le car avec mon sac de voyage, le même qui me servait au pensionnat, et où j'avais rangé, parmi mes vêtements et ma trousse de toilette, les objets qui avaient appartenu à mon père et que je voulais garder comme des talismans : les photos, les livres, le revolver et les balles.

Le car a démarré. Nous étions beaucoup moins de passagers que les soirs de retour au pensionnat. Quelques places restaient vides. Je m'étais assise tout au fond et j'avais posé mon sac sur la banquette à côté de moi.

Il faisait encore jour. Nous nous sommes arrêtés à Cruseilles. J'ai pensé à la blonde, ma voisine de classe, qui habitait ici. Qu'était-elle devenue ? J'avais toujours gardé le tube d'Imménoctal, mais aujourd'hui, je ne l'avais pas sur moi. Il était dans ma chambre, rue du Lac.

Saint-Julien-en-Genevois. La frontière. On ne nous a même pas demandé nos papiers à la douane. Le car traversait au crépuscule les faubourgs d'une ville que je ne connaissais pas. Il s'est arrêté à la gare routière.

J'ai donné à un employé qui était encore au guichet de la gare l'adresse de monsieur et de madame Aspen en lui demandant le chemin. Il m'a dit que c'était un peu loin à pied, après le parc des Eaux-Vives. Alors j'ai pris un taxi. J'ai demandé au chauffeur qu'il me laisse sur le quai, à quelques centaines de mètres du domicile de monsieur et madame Aspen. Je voulais marcher pour calmer mon angoisse. Il faisait nuit. Sous la clarté des lampadaires, les bords du lac Léman ressemblaient aux bords du lac d'Annecy. À ma gauche, je longeais les grilles d'une grande bâtisse qui aurait pu être la Préfecture. Le trottoir et les platanes étaient les mêmes qu'avenue d'Albigny.

Je tenais mon sac de voyage à la main et je

marchais comme les autres dimanches soir, lorsque je suivais la route du pensionnat. Rien ne changerait jamais. Tout se répétait aux mêmes heures, dans le même décor. Le concierge m'avait dit : « Vous irez loin », mais depuis des années je tournais en rond, sans pouvoir sortir du cercle... Un découragement et une impression de solitude m'ont envahie, contre quoi je n'essayais même plus de lutter. Et pourtant, je savais qu'il aurait suffi de si peu de chose, d'une voix douce qui m'aurait donné un conseil, d'une main sur mon épaule.

J'ai sonné au portail. Au bout d'un long moment, j'ai entendu des pas sur le gravier. C'est monsieur Aspen qui est venu m'ouvrir. Il était toujours blond, crépu, mais encore plus bronzé qu'à Annecy. Il m'a dit bonjour et m'a souri d'une drôle de façon. Son regard aussi me fixait d'une manière étrange sous ses paupières lourdes. On aurait dit qu'il avait bu. Il portait un chandail et un foulard noué dans le col ouvert de sa chemise. Nous suivions l'allée qu'éclairait une lanterne, là-bas, sur le perron de la maison. C'était une maison blanche, avec des portes-fenêtres, et dont l'entrée se trouvait sous un portique — une maison beaucoup plus massive et luxueuse que les villas où je travaillais l'été avec ma tante.

Dans l'entrée, au pied de l'escalier, il m'a dit :

— Les enfants ne sont pas là ce soir. Ils reviendront demain de Gstaad avec ma femme. Si vous voulez, je vais vous montrer votre chambre.

Il avait cette désinvolture et ce sourire qui vous donnaient l'impression qu'il vous méprisait un peu, ou bien qu'il se moquait de vous.

Le sol était en marbre, avec des losanges noirs et blancs. Il est allé fermer de l'intérieur, à clé, la porte en fer forgé de l'entrée. J'ai pensé brusquement qu'on m'avait attirée dans un piège. Il s'est dirigé vers l'escalier :

— Je vous conduis à votre chambre ?

Je montais l'escalier derrière lui. À l'instant où je l'avais vu fermer la porte à clé, j'avais été prise de panique, mais à chaque marche, je retrouvais un peu plus mon sang-froid. Sur le palier du premier étage, il m'a dit :

— Je suis avec un ami. Vous voulez prendre un verre avec nous ?

Cette proposition m'a surprise.

— Comme vous voulez monsieur...

— Ne m'appelez plus monsieur... En tout cas pas ce soir...

Il me souriait.

Il m'a fait entrer dans un petit salon, aux murs recouverts de boiseries. Sur l'un des côtés, une bibliothèque. Un canapé, devant la cheminée. La lumière venait d'un lustre, et d'une lampe sur la cheminée. Les rideaux des fenêtres étaient tirés. Un homme se tenait sur le canapé. Il s'est levé. Un blond de taille moyenne, du même âge que monsieur Aspen — trente-cinq ans. Il portait un blazer et une cravate. Et autour du poignet, une gourmette en or.

Il m'a tendu la main et s'est présenté :

— Je suis Alain. Vous êtes une amie de Frédéric ?

Il avait une voix dans les tons grêles. Et un visage fripé et malsain de vieux jeune homme.

— C'est la nouvelle baby-sitter, a dit monsieur Aspen.

Alors, l'autre m'a toisée comme si j'étais du bétail. Il hochait la tête.

Sur la table basse, un plateau avec une bouteille de cognac à moitié vide. Deux verres au bord de la table. Dans le cendrier, un cigare éteint.

— Asseyez-vous, m'a dit monsieur Aspen.

Je me suis assise sur le fauteuil de cuir, à côté du canapé. J'avais posé mon sac de voyage sur mes genoux.

— Mettez-vous à l'aise.

Il a pris mon sac et l'a posé entre le canapé et le fauteuil. L'autre me fixait toujours en me souriant, mais ce sourire était faux à cause de la froideur de ses yeux.

— Finalement, ce n'était pas fameux, ce restaurant italien, a dit monsieur Aspen.

Au-dessus de la cheminée était accroché le portrait d'une femme dans un cadre. Elle avait le teint clair et un sourire heureux. Sa mère, sans doute, celle qu'il aimait beaucoup et dont il était le préféré — ou le fils unique.

— Nous avons bien fait de ne pas aller chasser au Club 58, a dit l'autre, étant donné que nous avons cette charmante personne à domicile...

Monsieur Aspen regardait l'autre, le sourire figé, et d'un œil admiratif et presque amoureux. Il y avait peut-être des liens troubles entre eux.

— Puisque les enfants ne sont pas là, a dit l'autre, elle va faire la baby-sitter pour nous...

— Qu'est-ce que tu veux qu'elle te fasse, Alain ? a demandé monsieur Aspen d'un air amusé.

À ce moment-là, j'ai vraiment compris qu'ils avaient bu et qu'ils étaient prêts à tout. L'autre aussi devait se sentir, selon l'expression du concierge, au-delà des lois et des contingences que subissent les simples mortels. Et moi, je n'étais pour eux qu'une pauvre mortelle.

Monsieur Aspen s'est levé. Il est allé éteindre le lustre. La lumière était moins vive maintenant autour du canapé. L'autre est venu s'asseoir sur le bord du fauteuil et j'ai senti sa main qui me caressait la nuque.

— Maintenant, a-t-il dit, vous allez nous montrer comment vous faites la baby-sitter...

Monsieur Aspen s'était assis sur le canapé, tout près de moi, comme s'il s'apprêtait à assister à un spectacle intéressant. Je sentais la pression de la main de l'autre sur ma nuque. Il voulait me faire baisser la tête et plier le buste mais je me raidissais et je ne bougeais pas d'un millimètre.

— Je préfère que ça se passe dans ma chambre, ai-je dit d'une voix détachée.

Ils ont paru tous les deux surpris de mon calme.

— Mais oui... Elle a raison, a dit l'autre. Ce sera mieux dans sa chambre...

La pression de sa main s'est relâchée sur ma nuque.

Je me suis levée. Monsieur Aspen aussi. J'ai pris mon sac de voyage.

— Votre chambre est au deuxième étage, a dit monsieur Aspen.

— Tâche de bien préparer notre baby-sitter pour moi, a dit l'autre de sa voix grêle. Je monte dans une demi-heure...

Et il me souriait de nouveau.

— Je ferai mon possible, a dit monsieur Aspen.

— Oui... C'est ça... Ton possible...

Et il a éclaté d'un rire encore plus grêle que sa voix.

Nous sommes sortis du salon. De nouveau, je montais l'escalier, derrière lui.

Une chambre spacieuse, un grand lit et des murs tendus d'un tissu jaune pâle. La chambre communiquait avec une salle de bains dont la porte était grande ouverte. Entre les deux fenêtres, une coiffeuse encombrée de peignes, de poudriers, de flacons de parfum. J'ai compris que ce n'était pas ma chambre. Il y avait une petite clé sur la porte. Il a fermé la porte à clé. Il a mis la clé dans sa poche. J'étais de plus en plus calme.

— Je peux aller un instant dans la salle de bains, monsieur ?

Il a fait oui de la tête. Il m'a glissé dans la main un billet de cinquante francs, comme si c'était un pourboire.

— Cette nuit tu peux continuer à m'appeler monsieur... Je préfère ça...

Je suis entrée dans la salle de bains avec mon sac de voyage. J'ai fermé la porte et j'ai tourné l'un des robinets du lavabo. Je laissais l'eau couler. Je me suis assise sur le bord de la baignoire et j'ai fouillé dans mon sac. J'en ai sorti le revolver et la petite boîte qui contenait les balles. J'ai chargé le revolver. De toute façon, ce serait toujours les mêmes gestes. Les mêmes saisons. Les mêmes lacs. Les mêmes cars du dimanche soir. Lundi. Mardi. Vendredi. Janvier. Février. Mars. Mai. Septembre. Les mêmes jours. Les mêmes gens. Aux mêmes heures. Toujours cinq doigts, comme disait mon père.

Je suis entrée dans la chambre. Il m'attendait, assis dans le fauteuil, près de la coiffeuse.
Il a sursauté. Il a soulevé ses paupières lourdes.
Pour le tir, je devais avoir le même don que
mon père puisque j'ai tué Monsieur du premier coup.

III

J'ai oublié sans doute beaucoup de détails. mais quand je pense à ce temps-là, j'entends encore le bruit des sabots.

J'étais arrivée à Paris au mois de janvier de mes dix-neuf ans. Je venais de Londres. Un Autrichien que j'avais rencontré cet automne-là à Notting Hill m'avait confié la clé de son atelier de Paris. Il allait faire un long séjour à Majorque et il préférait qu'en son absence l'atelier soit habité par quelqu'un. J'avais accepté sa proposition.

Je ne connaissais pas du tout le quartier où je devais me rendre. C'était rue Chauvelot, près de la station de métro Porte-de-Vanves. La baie vitrée de l'atelier donnait sur un petit jardin et un pavillon qui semblaient abandonnés. Quand je me suis retrouvée seule dans cet endroit, je me suis demandé si je pourrais y rester. J'avais quitté Londres sur un coup de tête, parce que rien ne m'y retenait plus. Et ici, à Paris, dans ce quartier inconnu, j'étais vraiment coupée du monde.

La première nuit dans l'atelier, j'ai mis du temps à m'endormir. Tout était silencieux, comme si personne n'habitait l'immeuble. Très tôt le matin, j'ai été réveillée par le bruit des sabots. Je me suis dit qu'un régiment de cavalerie passait près d'ici sur le boulevard.

Cette dernière semaine de janvier, il a fait beau. Le ciel était d'un bleu léger. Les jours succédaient aux jours sous le même ciel bleu et le même soleil. Il me restait encore deux mille francs de l'argent que j'avais reçu quand ils m'avaient licenciée de chez Barker's. De quoi tenir un mois, et ensuite il faudrait retourner à Londres.

Deux ou trois jours après mon arrivée, le téléphone a sonné vers onze heures du matin. Je venais de me réveiller. Une voix de femme a demandé Georges Cramer, le nom de l'Autrichien. J'ai dit qu'il était parti en voyage. Un silence. Puis la femme m'a demandé qui j'étais. J'ai dit que je gardais l'atelier en l'absence de l'Autrichien. Elle a laissé son nom et son numéro de téléphone pour que je les lui transmette, s'il me contactait. De toute façon, elle rappellerait d'ici à quelques semaines.

J'ai pensé que ce téléphone, sur la table de nuit, était inutile. Cela faisait trop longtemps que j'avais quitté la France pour me rappeler

118

au souvenir de quelqu'un. J'avais beau chercher à qui téléphoner, non, décidément, il n'y avait personne. Rien ne viendrait troubler le cours de mes journées. Pourtant, à partir de six heures du soir, l'angoisse devenait si forte que j'en étais réduite à me dire : je peux toujours téléphoner à la femme qui m'a laissé son numéro. Je l'avais écrit sur un bout de papier que j'avais rangé dans le tiroir de la table de nuit. J'ouvrais le tiroir. Je consultais le numéro. AUTEUIL 15-28. Je le connaissais par cœur. Et puis ce Georges Cramer me téléphonerait peut-être, pour me demander si tout allait bien. Et la femme m'avait dit qu'elle rappellerait. Je n'étais vraiment pas à plaindre.

Au début de l'après-midi, je prenais le métro à la station Porte-de-Vanves et je descendais à Montparnasse. De là, par la rue de Rennes et la rue de Vaugirard, je rejoignais le jardin du Luxembourg et le quartier Latin. Toujours ce ciel bleu et ce soleil de janvier. Je flânais dans les librairies et les cafés du boulevard Saint-Michel. Les groupes d'étudiants sur le boulevard me rassuraient. J'aurais voulu porter moi aussi un cartable, assister à des cours, avoir un emploi du temps. J'aurais pu aller sur la rive droite, du côté des Champs-Élysées ou des Grands Boulevards, mais pour le moment, je préférais ce quartier. Après tout, c'était celui que fréquentaient le plus de gens de mon âge.

J'assistais souvent à deux séances de cinéma par jour et j'oubliais ma solitude, assise avec les autres, le soir, dans les petites salles de la rue Champollion, juste avant que le film ne commence. Mais à la sortie du cinéma, une angoisse m'envahissait. Il fallait prendre le chemin du retour, rue de Vaugirard, rue de Rennes, jusqu'à Montparnasse. Et l'angoisse devenait plus forte pendant le trajet en métro, dans le wagon presque vide. J'avais l'impression que l'atelier de ce Georges Cramer était vraiment au bout du monde, et cette impression se confirmait à la sortie de la station Porte-de-Vanves et au cours des quelques minutes où je devais marcher.

Après ces premières journées de soleil et de ciel bleu, il a fait de nouveau un temps d'hiver. La grisaille et le froid de janvier ont aggravé mon malaise. Tous ces gens de mon âge parmi lesquels j'essayais de me fondre dans les cafés ou les petites salles de cinéma me paraissaient des étrangers. Ou plutôt, c'était moi, l'étrangère. Je les entendais parler, je ne comprenais plus leur langue, et j'étais sûre qu'eux aussi auraient du mal à me comprendre. J'essayais de m'expliquer ces sentiments, moi qui n'avais jamais été sauvage. Cela avait commencé à Londres le lendemain du jour où ils m'avaient licenciée de chez Barker's. Depuis un an et demi, je m'étais habituée à travailler dans un grand magasin. Je n'aimais pas beaucoup ce travail, mais sans lui brusquement les journées étaient bien vides. Oui, cela avait commencé à Londres. Et même, quand j'étais encore chez Barker's.

À la tombée de la nuit, mon angoisse se calmait. La nuit à Paris, avec le contraste de l'obscurité et des lumières, me semblait plus franche que ces jours brumeux au cours desquels on se demandait si c'était vraiment le jour, et où l'on avait la sensation d'être envahie et peu à peu effacée par le gris.

Je ne sortais plus de l'atelier avant la tombée de la nuit. Je faisais marcher tout l'après-midi le transistor ou le tourne-disque à cause du silence qui m'oppressait. De nombreux livres étaient rangés sur des rayonnages contre le mur du fond, et j'en prenais un au hasard. Mais pendant ma lecture, je laissais allumé la radio ou le tourne-disque. Ces livres étaient consacrés aux voyages, aux pays lointains et aux îles perdues. Des guides, des plans, des cartes maritimes. On pouvait très bien rester toute la journée dans cet atelier de la porte de Vanves et voyager aux quatre coins du monde. Je me sentais mieux pendant les moments de lecture et cela m'encourageait à faire des projets de voyage. Après tout, j'étais libre de partir où je voulais, mais, dans un premier temps, je ne comptais pas aller bien loin.

Vers six heures du soir, je quittais l'atelier. J'ai éprouvé ma première vraie panique dans le métro. Ce soir-là, j'avais décidé de changer de quartier. Le trajet habituel à pied par la rue de Rennes et la rue de Vaugirard me causait de l'appréhension. C'était sans doute de suivre toujours les mêmes rues pour aboutir à ce même quartier Latin qui chaque fois me semblait de plus en plus gris.

De Montparnasse, je voulais descendre à la station Champs-Élysées. Je suivais le long couloir où il était indiqué : Direction Porte de la Chapelle. J'étais prise dans la foule des heures de pointe. Il fallait marcher tout droit, sinon je risquais d'être piétinée. Le flot s'écoulait lentement. Nous étions serrés les uns contre les autres, et le couloir devenait plus étroit à mesure que l'on approchait de l'escalier qui descendait sur le quai. Je ne pouvais plus faire marche arrière et, comme je me laissais entraîner, j'avais l'impression de me dissoudre dans cette foule. J'allais disparaître tout à fait, avant même d'être arrivée au bout du couloir.

Sur le quai, je me suis dit que je ne parviendrais jamais à me dégager. Je serais précipitée dans un wagon par la masse des gens autour de moi. Ensuite, à chaque station, un flot de voyageurs entrerait dans le wagon et me repousserait encore plus loin vers le fond.

La rame s'est arrêtée. Ils m'ont bousculée,

mais j'ai pu me dégager en me laissant emporter par ceux qui sortaient des wagons. Je me suis retrouvée à l'air libre. De nouveau, j'étais vivante. Je me répétais à haute voix mon prénom, mon nom, ma date de naissance, pour bien me convaincre que c'était moi.

Je marchais, au hasard. Par bonheur, il faisait nuit et l'air était froid. J'étais soulagée que les lumières soient aussi nettes et scintillantes et que les feux rouges et verts se succèdent à intervalles réguliers.

Grâce à cette nuit et à cet air froid, j'étais sortie brusquement d'un mauvais rêve où je marchais dans un terrain marécageux. Maintenant le trottoir était ferme sous mes pas. Pour rentrer à l'atelier, il suffisait d'aller tout droit. Mon esprit n'avait jamais été aussi clair, comme si j'avais pris un excitant — cela m'arrivait l'après-midi, à Londres, chez Barker's, je prenais de la vitamine C quand j'étais fatiguée de me tenir debout. Soudain, j'étais douée d'un sens mystérieux de l'orientation. Je suivais les rues, tout droit. Plus tard, j'ai appris leurs noms, rue du Docteur-Roux, rue Dutot. J'avais la certitude que c'était le chemin le plus court pour rentrer à l'atelier. Je suis arrivée sur une place calme que l'on aurait pu croire dans une petite ville de province, la place d'Alleray. Un café était encore allumé. J'y suis entrée. J'ai commandé un Martini. Ce nom m'était revenu sans que je sache pourquoi, comme un souvenir d'enfance.

*

À partir de ce soir-là, je n'osais plus prendre le métro. Pour échapper à l'heure de pointe, il fallait quitter l'atelier vers le début de l'après-midi, mais j'imaginais le changement obligatoire à Montparnasse, le long couloir... Et le seul autobus qui passait porte de Vanves ne quittait pas les quartiers de la rive gauche et suivait le chemin que je voulais désormais éviter : rue de Rennes, rue de Vaugirard.

Je suis revenue le lendemain, au début de l'après-midi, dans le café de la place d'Alleray. Ce n'était pas la peine de faire de longs trajets en métro dans Paris. Il valait mieux rester aux alentours de l'atelier et ne me déplacer qu'à pied, comme si j'habitais un village.

Pendant quelques jours, un ciel bleu de nouveau, et un soleil d'hiver. Je m'asseyais à une table, sur la terrasse, et du fond de la salle me parvenait le bruit du billard électrique. Quelqu'un jouait chaque fois de deux heures à deux heures et demie de l'après-midi, un homme brun à blouse blanche qui travaillait dans la clinique voisine. À deux heures et demie précises, il sortait du café et marchait jusqu'à la clinique. Cette ponctualité me rassurait aussi. Le chien boxer du patron s'allongeait sur le trottoir, devant l'entrée, vers trois heures. À peu près au même moment, le portail de l'imprimerie, en face, s'ouvrait sur une camionnette qui s'arrêtait devant le café. Deux hommes assez jeunes en descendaient et venaient boire un verre au comptoir. L'un d'eux glissait une pièce dans le juke-box, et alors on entendait toujours la même chanson : *Whiter Shade of Pale,* et cela me rappelait Londres. Ils quittaient le café. Le plus jeune me faisait chaque fois un signe de tête avec un sourire. Leur camionnette disparaissait au coin de la rue d'Alleray. Et le chien, quelques instants plus tard, se levait, et rentrait dans le café. Ensuite, jusqu'à la fin de l'après-midi, plus personne.

C'est justement au cours d'une fin d'après-midi que j'ai compris pourquoi j'entendais souvent, très tôt le matin, ce bruit de sabots. Du café de la place d'Alleray j'étais revenue à l'atelier par une rue que je ne connaissais pas, la rue Brancion. C'était pourtant le chemin le plus court, mais d'habitude je suivais la rue Castagnary. Et les premiers jours, je ne marchais jamais dans le quartier, sauf quelques pas pour prendre le métro.

Cette fin d'après-midi-là, rue Brancion, je suis passée devant les abattoirs de chevaux de Vaugirard. C'était inscrit au-dessus de l'une des grilles. Je marchais sur le trottoir d'en face. Plusieurs cafés, à la suite les uns des autres. L'entrée de l'un d'eux était grande ouverte. J'ai remarqué de la sciure sur le sol, et elle était tachée de sang. Au comptoir, trois hommes massifs aux visages rouges parlaient à voix basse. L'un d'eux a sorti de sa veste un énorme portefeuille. Il était bourré de liasses de billets qu'il a commencé à compter en mouillant son index avec sa langue. Je me suis demandé si c'était eux qui tuaient les chevaux. Quelques jours plus tard, je suis passée dans la rue, tôt, un matin où se tenait le marché aux chevaux. D'autres hommes comme eux, aussi massifs, aussi rouges dans leur pardessus, étaient rassemblés sur le trottoir devant les grilles.

Moi qui dormais d'habitude jusqu'à midi, je me réveillais de plus en plus tôt, même quand il m'arrivait de lire ou d'écouter de la musique après minuit. Un matin, je me suis réveillée plus tôt encore. Il faisait nuit noire, et j'ai voulu prendre un petit déjeuner au Terminus, l'un des deux cafés proches de l'atelier, sur le boulevard Lefebvre. Et c'est là que j'ai vu pour la première fois une file de chevaux. Je les ai vus sortir de la nuit et marcher le long du boulevard Lefebvre désert. Le même bruit de sabots, à la même cadence, que celui que j'entendais d'habitude dans un demi-sommeil, mais plus léger. Ils n'étaient qu'une dizaine. Cette fois-ci, je les voyais. Sur le côté, presque en tête de la file, un homme tirait l'un des chevaux par un licol. Je l'avais rencontré quelque part. Peut-être à la station de métro. J'avais déjà remarqué qu'il portait ce pantalon blanc de gardian et ce blouson de cuir, et autour du cou un foulard. Il était assez grand avec des cheveux noirs et un visage flétri. Et maintenant, il avançait en tirant toujours ce cheval par le licol. Ils sont passés devant le café et se sont engagés dans la rue Brancion. Je ne les voyais plus mais j'entendais encore le bruit des sabots et je restais immobile à guetter le moment où je ne l'entendrais plus

Le patron, derrière son comptoir, m'observait. Il m'a dit qu'il n'y avait pas beaucoup de bêtes ce matin-là et qu'elles étaient venues de Neuilly par les boulevards. Il les avait reconnues à leur allure. Des chevaux de manège dont on voulait se débarrasser. Cela arrivait de temps en temps. Des chevaux qui avaient connu les beaux quartiers et les gens riches.

— Vous pouvez être tranquille... Ces messieurs des abattoirs ne fréquentent pas mon café. Ils vont prendre leur casse-croûte plus haut dans la rue.

Et d'un geste vague, il me désignait la rue Brancion, là où s'était engagée la file des chevaux.

Désormais, j'évitais la rue Brancion. Ce matin-là, je m'étais dit que je ne pourrais plus rester dans ce quartier. Mais où aller ? Je n'avais pas assez d'argent pour louer une autre chambre. Et je ne voulais pas retourner à Londres. De toute façon, même si j'habitais dans un autre quartier, loin d'ici, cela ne changerait rien. Il y aurait toujours dans ma tête la file des chevaux qui avançaient dans la nuit. et tournaient au coin de la rue, et ce type en pantalon de gardian, tirant sur le licol de l'un d'eux — un cheval noir. Il ne voulait pas avancer et il se rait sans doute enfui, s'il l'avait pu.

*

J'avais essayé de nouveau de prendre le métro. Mais à Montparnasse, je n'avais pas eu le courage de continuer. Alors, j'étais revenue à pied jusqu'au café de la place d'Alleray. Il faudrait quand même que je sache s'il existait un arrêt d'autobus aux environs pour aller sur la rive droite. Mais je laissais passer les jours sans essayer de savoir. J'ai fini par m'avouer que j'étais désormais incapable de me déplacer sur une longue distance. Si je m'éloignais trop de l'atelier, je craignais de dériver, loin de mes derniers points de repère, et de me laisser peu à peu imprégner par ce gris, jusqu'à me confondre avec lui et oublier où j'habitais. Souvent, dans mes rêves, je marchais le long d'une rue — une rue dont je me demandais si elle était à Londres ou à Paris — et je ne savais plus quel était le chemin pour rentrer chez moi et si j'habitais vraiment quelque part. J'avais découvert un cinéma, proche de l'atelier, le Versailles, tout au bout de la rue de Vaugirard. Le plus court chemin c'était de suivre le boulevard Lefebvre. Ainsi, j'évitais les abattoirs. J'y allais presque chaque soir vers neuf heures, et cela m'indifférait de voir plusieurs fois le même film. Je me sentais bien, assise toujours dans un fauteuil des derniers rangs. Je finissais par oublier que le cinéma se trouvait dans le quartier des abattoirs. Pourquoi l'Autrichien de Londres ne m'avait-il pas dit qu'il habitait ce quartier-là ? Si je l'avais su, je crois que je n'aurais pas accepté sa proposition. Mais maintenant, c'était trop tard.

Après les séances de cinéma, je revenais à l'atelier par le même chemin. Sur le trottoir opposé, des blocs d'immeubles aux fenêtres éteintes, sauf l'une d'elles à un premier étage. Elle était toujours allumée et sans doute quelqu'un était en train de lire ou d'attendre une visite, quelqu'un avec qui j'aurais pu parler. Je comprenais maintenant qu'il valait mieux ne pas être seule et j'avais peur d'être réveillée, tout à l'heure, par le bruit des sabots. De cette fenêtre allumée, on devait l'entendre encore plus distinctement, ce bruit, et l'on voyait passer les chevaux. Depuis des années, la personne qui habitait là et toutes les autres dont les fenêtres donnaient sur le boulevard avaient vu passer, comme moi, les chevaux à l'aube. J'aurais voulu qu'ils me disent leur sentiment là-dessus. Nous étions quelques-uns à savoir, parmi les millions de gens qui habitaient dans cette ville.

J'étais arrivée à la hauteur de la rue Brancion. Elle était vide, silencieuse. À cette heure-là les cafés étaient fermés. Je me rappelais tous les détails que m'avait donnés le patron du Terminus. Les « tueurs », comme il disait, allaient prendre après le travail leur casse-croûte en face des abattoirs, là où j'avais remarqué la sciure tachée de sang. Les types avec leurs portefeuilles, c'était des marchands de chevaux, des bouchers. Les « tueurs », eux, mettaient à peine dix minutes pour tuer un cheval. Les autres achetaient et vendaient les bêtes les lundis et les jeudis. Ils payaient toujours en liquide, ils ne sortaient pas seulement les billets de leurs portefeuilles, quelquefois ils en avaient rempli des boîtes à chaussures et, quelquefois, au déjeuner, ils avaient enveloppé les liasses dans des serviettes de table, et tout cela dans l'odeur de sang, le sang caillé sur les chaussures et sur les tabliers des « tueurs ». Les chevaux ne venaient pas seulement de Neuilly, mais par camions, par chemin de fer, et le bruit des sabots que l'on entendait le matin, c'était aussi les bêtes que l'on faisait sortir des écuries du quartier. Ces écuries où les chevaux attendaient, elles se trouvaient là, un peu partout, à proximité. Le trafic commençait dès quatre heures du matin. Les camions, les wagons, les liasses de billets qu'ils échangeaient aux tables des cafés... Le type au pantalon blanc serré et à la veste de cuir qui tirait le licol était apparu dans le quartier l'année dernière. On lui donnait un peu d'argent pour faire son travail. On ne savait pas d'où il venait. De Camargue peut-être. On l'appelait « Le Gardian ». Le patron du Terminus m'avait expliqué tout cela, d'une petite voix douce, presque plaintive, qui sortait de sa bouche comme un filet d'eau tiède. On aurait cru qu'il avait oublié ma présence et qu'il se parlait à lui-même. Et quand je m'étais levée pour sortir, il continuait de parler, de donner des détails, mais je ne pouvais plus l'écouter. J'avais envie de prendre l'air, de quitter Paris et de me retrouver au bord d'une mer bleue, comme cet Autrichien qui m'avait confié la clé de son atelier sans me prévenir de rien.

J'y restais de plus en plus longtemps à lire ou à écouter des disques. Et je me disais que ce n'était pas un hasard si j'avais échoué seule aux portes de Paris. J'étais arrivée à proximité d'une frontière, j'étais en transit pour quelque temps encore, mais j'allais bientôt franchir la frontière et connaître une nouvelle vie. Tous ces livres, sur les rayons de la bibliothèque, évoquaient des départs. L'Autrichien n'avait dû habiter ici qu'entre deux avions, l'atelier n'était pour lui qu'une escale, il n'avait pas eu le temps de se rendre compte de tout ce qui se passait dans le quartier... Et d'ailleurs, si je n'avais jamais entendu à l'aube le bruit des sabots, cet endroit aurait été pour moi aussi un vrai refuge. Dans la petite cour, sur les marches du pavillon, on avait oublié un buste en terre cuite, celui d'une femme, et un gros morceau de pierre que l'on avait commencé à tailler. Un sculpteur avait sans doute habité là. Un arbre au milieu de la cour. Au printemps, lorsqu'on était allongée sur le lit, on voyait ses feuillages se balancer doucement derrière la baie vitrée.

J'attendais chaque début d'après-midi avec confiance pour marcher jusqu'à la place d'Alleray. C'était le seul moment de la journée où j'éprouvais une sorte de bien-être, comme le soir, dans la salle de cinéma de la rue de Vaugirard. Là-bas, dans le café, tout se répétait avec l'exactitude d'un système d'horlogerie. Le bruit du billard électrique, l'homme à la blouse blanche traversant la place jusqu'à la clinique à deux heures et demie précises, le chien allongé sur le trottoir devant l'entrée, le camion à l'arrêt, les deux hommes au comptoir et l'un deux qui me souriait en partant. C'était bien la preuve que moi aussi j'avais ma place exacte dans le café, à cette heure-là, parmi les autres.

Et chaque fois, l'un des deux hommes du camion mettait dans le juke-box *Whiter Shade of Pale*. On aurait dit qu'il avait choisi cette chanson pour moi. Au début, je l'écoutais distraitement. Rien qu'une musique de fond comme le tintement du billard électrique, l'une de ces musiques qui vous bercent et vous rendent presque douce votre solitude. Je pensais en l'écoutant à ces matins où je me réveillais très tôt et où je prenais Ladbroke Grove pour aller travailler chez Barker's. Le travail chez Barker's était pénible, mais ces matins dans mon souvenir se détachaient du reste de la journée. Ils étaient une trêve et une promesse, même l'hiver quand il faisait nuit. Et les premiers jours de printemps, les arbres retrouvaient leurs fleurs blanches et roses. J'avais oublié Barker's et tout le reste de la journée. Il ne restait plus que ces matins-là où je suivais à pied Ladbroke Grove dans la nuit ou le soleil avec l'impression qu'il m'arriverait quelque chose de nouveau.

Cette musique a fini par m'évoquer aussi l'après-midi où nous nous étions promenés, René et moi, avec le chien. Quelques jours avant le départ de René. Un samedi, le jour de marché à Portobello. J'avais pris mon congé de chez Barker's. J'étais en vacances et cela ne servait à rien. René allait partir. J'avais peur de toutes ces longues journées vides qu'il me faudrait traverser en l'absence de René. Un samedi de soleil. Au début de Portobello Road, à la hauteur de l'ancienne école, un grand type avec un Rollefleix se tenait au milieu de la rue. Un photographe ambulant. À ce moment-là, il n'y avait pas beaucoup de monde, et il nous a repérés. Il a pris une photo de nous deux et du chien. Il m'a tendu un papier où était inscrit un numéro et je devais l'apporter la semaine suivante au magasin pour lequel il travaillait, si je voulais la photo.

Puis nous sommes entrés dans l'ancienne école qui était transformée en librairie de livres d'occasion. René a choisi quelques livres, et nous avons marché dans Portobello Road parmi la foule du samedi.

La semaine suivante, René n'était plus là. Le vendredi, en fin d'après-midi, j'ai décidé d'aller chercher la photo. Le magasin était loin, à Hammersmith. J'ai pris le métro. Pour ne pas égarer le papier, je l'avais mis dans une enveloppe. Ce serait la seule photo de René et de moi. Il existe des gens qui vous montrent, collées dans des albums, des photos d'eux à chaque moment de leur vie. Ils ont la chance d'avoir toujours à portée de la main un appareil photographique qui leur sert de témoin. Nous n'avions jamais réfléchi à cela, René et moi. Nous nous contentions de vivre, au jour le jour.

De la station de métro, il a fallu que je marche assez longtemps dans King Street avant d'arriver au magasin. Je craignais qu'il soit fermé. Mais non. De nombreux clients se succédaient au comptoir derrière lequel se tenaient deux hommes bruns qui leur donnaient leurs photos, ou bien auxquels ces clients apportaient des pellicules à faire développer. Mon tour est venu. J'ai tendu mon papier à l'un des deux hommes. Il y a jeté un regard distrait. Il gardait le papier à la main et continuait à s'occuper des autres. Je lui ai demandé si je pouvais avoir ma photo. Il m'a répondu sèchement :

— Je ne m'occupe pas de ces photos-là. Vous allez attendre.

Je restais là, debout, et les autres entraient dans le magasin, se présentaient au comptoir, on leur donnait leurs photos en échange de leurs tickets. Le brun n'avait même plus mon papier à la main. J'aurais pu m'asseoir sur le siège au fond du magasin en attendant l'heure de la fermeture. Mais il valait mieux rester debout à proximité du comptoir, sinon ils allaient m'oublier dans le flot des clients qui entraient et sortaient. De nouveau, j'ai essayé d'attirer l'attention du brun en l'interpellant, mais il faisait semblant de ne pas entendre et il évitait mon regard. Je me demandais où il avait posé mon papier. Je m'efforçais de rester le plus proche de lui derrière le comptoir et de ne pas le quitter des yeux. Un brun d'environ trente ans, l'air dédaigneux. Il avait pris un ton froid

135

et distingué pour me dire : « Je ne m'occupe pas de ces photos-là. » J'ai profité d'un instant où plus personne ne se présentait au comptoir. Je lui ai de nouveau demandé s'il pouvait me donner ma photo. D'un geste négligent, il a sorti de la poche de sa veste le papier. Si je ne lui avais rien dit, il l'aurait certainement laissé dans sa poche et déchiré plus tard. Il a jeté un œil distrait sur le numéro du papier. Il s'est retourné et il a cherché dans un casier qui contenait des enveloppes serrées les unes contre les autres. Il les déplaçait au fur et à mesure, d'un mouvement désinvolte de la main, et je voyais qu'il arrivait au bout. Il le faisait trop vite. J'avais l'impression qu'il ne regardait même pas les numéros inscrits sur les enveloppes. Puis il s'est retourné vers moi.

— Il n'y a rien à ce numéro.

Il m'a tendu le papier, avec un sourire froid. Je lui ai demandé s'il en était sûr et s'il ne pouvait pas vérifier.

— Non, non. Il n'y a rien à ce numéro.

Mais j'avais la certitude que la photo était bien là, dans une enveloppe. J'ai encore eu le courage de lui dire :

— Je ne pourrais pas vérifier moi-même ?

— Je vous répète qu'il n'y a rien à ce numéro.

La voix était encore plus sèche, le regard si froid que ce type ne paraissait pas me voir.

J'étais sans doute indigne de rencontrer son regard. J'ai compris qu'il n'y avait plus rien à espérer.

Dans la rue, j'ai examiné encore une fois le papier. Numéro 0032. En temps normal, je n'aurais pas attaché d'importance à ce qui venait de m'arriver. Ni à la voix de ce type qui résonnait dans ma tête presque comme un arrêt de mort. Si René avait été avec moi, nous aurions pu obtenir la photo. Le type aurait tout de suite changé de ton. J'ai voulu, brusquement, retourner dans le magasin, et lui dire : « Mon ami va vous casser la figure, si vous ne me donnez pas la photo », mais ce mouvement de colère s'est éteint et il m'a paru dérisoire. René n'était plus là. Il y avait peu de chance pour que je le revoie jamais. Tous les moments que nous avions passés ensemble avaient basculé dans le vide. On avait voulu supprimer la seule trace de notre existence, à René, à moi, au chien, la seule image où nous étions réunis.

Je continuais à suivre King Street. Je n'étais plus sûre de rien, le trottoir se dérobait sous mes pas et il tanguait, comme si je traversais le pont d'un bateau quand la mer était houleuse. Oui, ce type brun, avec sa voix métallique et son regard dédaigneux, nous avait jetés par-dessus bord, René, moi et le chien. J'ai rêvé à cela les nuits suivantes et je me réveillais en sursaut, et il me fallait quelque temps pour me persuader que je n'avais pas coulé à pic et reprendre mon souffle. De nouveau, je voyais cet homme derrière son comptoir. Pourquoi ne pas retourner au magasin et lui expliquer calmement que j'avais besoin de cette photo et que j'étais prête à lui payer trois fois le prix pourvu qu'il me la donne ? J'étais même prête à tout s'il me donnait cette photo. Mais je finissais par me dire que ce n'était pas la peine. Vraiment rien à espérer. Ma première impression devait être la bonne : ce type n'aimait pas les femmes. Je l'avais deviné à son regard, au son métallique de sa voix, à quelque chose d'inquiétant dans les lèvres. René m'avait parlé de ce genre d'hommes pour qui les femmes n'existent pas. Ils n'aiment pas l'amour avec les femmes. Et ils n'osent pas le faire avec les hommes. Pourquoi ? René m'expliquait qu'ils restent chastes. C'est à cause d'eux que les guerres éclatent. Hitler était comme ça, d'après René. Et aussi Robespierre. Il aurait voulu écrire un livre là-dessus. Il avait rassemblé des documents, des photos. On y voyait des types aux visages durs, comme taillés dans la pierre, que René appelait les « moines soldats ». Des blonds au torse nu et lisse défilaient en rang, d'autres étaient gras, imberbes, le crâne rasé. Sur une photo, ils cassaient les vitres des magasins et forçaient les gens à ramasser les éclats de verre et à nettoyer les trottoirs. Leur chef portait une culotte courte, une culotte de peau tyrolienne et pourtant c'était un homme d'âge mûr, bedonnant, le visage à la fois mou et sévère. Il souriait en contemplant les malheureux à genoux, en train de laver le trottoir. René m'expliquait que ce gros type était vierge. Il mourrait très vieux sans jamais avoir connu l'amour, dans une odeur de cuir et de cendre froide.

Je me suis demandé ce que le brun ferait de notre photo. Il finirait par la déchirer. Ou bien il l'oublierait parmi la masse d'autres photos que personne n'était jamais venu réclamer ou qu'il avait refusé de donner à certains clients, sous prétexte qu'il n'y avait rien à ce numéro. Au fond, ce n'était pas de la méchanceté, mais peut-être une lassitude et de l'indifférence. Son travail, debout derrière le comptoir, était aussi monotone que le mien chez Barker's. Voilà, c'était tombé sur moi. J'étais arrivée au mauvais moment. Ça aurait pu tomber sur quelqu'un d'autre comme à la loterie, et le numéro 0032 n'était pas le bon numéro.

J'ai fait demi-tour dans King Street et j'ai marché jusqu'à la station de métro mais le trottoir tanguait encore. Tout a changé pour moi à partir de ce soir-là. Il y a eu brusquement une lézarde dans ma vie alors qu'auparavant elle était assez lisse et que rien n'avait entamé ma confiance.

Je m'en suis aperçue les jours suivants quand

je passais à l'endroit de Portobello où l'homme nous avait photographiés, René, moi et le chien. Ce jour de la photo était un samedi comme les autres, le chien marchait comme d'habitude entre nous deux. Sur la photo, on aurait vu, à gauche, l'entrée de l'ancienne école où René avait acheté quelques livres d'occasion. Peut-être, tout au fond, la silhouette d'un passant et le croisement de la rue avec Chepstow Villas, et la descente vers les magasins d'antiquités. Et la preuve pour l'avenir qu'un samedi d'été, à Londres, au début de l'après-midi, nous passions par cette rue-là, René, le chien et moi.

Le premier samedi où je suis revenue au même endroit, toute seule, il y avait beaucoup plus de monde. Le photographe n'était pas là, ni les autres samedis au cours desquels j'ai essayé de le retrouver pour lui demander des explications, et peut-être, grâce à lui, obtenir enfin cette photo. Alors, j'ai perdu tout à fait confiance en moi. J'avais l'impression de n'être plus présente à cet endroit-là et de n'y avoir plus jamais ma place. Je regardais avec envie les autres marcher de leur pas assuré. Le trottoir ne risquait pas de se dérober sous eux. Nous aussi, René et moi, quand nous nous promenions, ces rues et ces squares nous étaient si familiers qu'ils faisaient partie de nous-mêmes. Et maintenant, le lien était coupé, j'étais de

trop dans tous ces endroits, comme si j'y revenais après ma mort. Les premiers temps, je
n'osais pas quitter ma chambre. Et puis les trottoirs ont cessé de tanguer et de me donner le
vertige. Cet été-là, je n'éprouvais plus de panique, mais au contraire une sorte d'apaisement.
Je faisais de longues promenades le soir dans
les avenues désertes autour d'Holland Park, là
où nous avions l'habitude de marcher. Mais
René et le chien, je les avais connus dans une
autre vie. J'aurais beau retourner dans toutes
ces avenues et ces squares et me trouver le samedi dans la foule à Portobello, je ne pourrais
plus rien y vivre au présent.

*

Désormais, j'allais au café de la place d'Alleray vers onze heures du matin. Je faisais un
long détour pour éviter la rue des abattoirs. À
cette heure-là, ils devaient encore manger leur
casse-croûte avec leurs souliers et leurs tabliers
maculés de sang, et leurs gros portefeuilles.
Place d'Alleray, les clients étaient différents de
ceux de l'après-midi. Avant l'heure du déjeuner, nous étions seuls dans le café, moi et un
homme d'une trentaine d'années qui corrigeait
des copies. Puis les autres arrivaient. Ils travaillaient dans une entreprise voisine. Le patron
appelait ce groupe la « compagnie du télépho-

ne ». Les tables n'étaient jamais assez nombreuses pour eux, et il fallait leur laisser la place. Ils parlaient très fort. Moi, chez Barker's, je ne me souvenais pas d'une seule occasion où j'avais pris un repas avec mes collègues. Je ne m'étais liée qu'avec la fille blonde qui tenait le rayon voisin du mien. Parfois, je l'accompagnais à une séance de cinéma.

Un matin, avant que la « compagnie du téléphone » n'envahisse le café, j'étais assise à la table la plus proche de celle où l'homme corrigeait ses copies. Il a levé la tête vers moi. Un homme aux traits du visage réguliers, les yeux très enfoncés dans leurs orbites, les cheveux coupés ras avec un début de calvitie. Il m'a demandé si j'étais étudiante. Depuis mon arrivée à Paris, personne ne m'avait vraiment adressé la parole. Son regard et le son de sa voix m'inspiraient confiance, un regard franc, une voix grave, comme s'il n'avait pas d'arrière-pensées. Je lui ai répondu que je n'étais pas étudiante. Lui, m'a-t-il dit, donnait des cours de philosophie dans un collège des environs de Paris. Il prenait trois fois par semaine un car à la porte de Vanves pour se rendre dans ce collège. Et il revenait le soir par le train qui le déposait gare Montparnasse. Il m'a expliqué que les dissertations de ses élèves étaient si mauvaises qu'il préférait les corriger dans un café plutôt que tout seul chez lui, mais il ne leur en voulait pas, à ses élèves. C'était comme ça. Et moi, avais-je fait des études ?

J'avais été si seule au cours des dernières semaines que j'éprouvais le besoin non pas de me confier vraiment, mais de parler à quelqu'un. Et cet homme semblait attentif à tout ce qu'on pourrait lui dire, peut-être à cause de son métier de professeur. Je lui ai expliqué que je venais de Londres, qu'un ami m'avait prêté une chambre pas loin d'ici, et que je me sentais un peu perdue dans ce quartier. Un drôle de quartier.

Il m'écoutait en fixant son regard sur moi, comme s'il voulait, à force d'attention, savoir ce qui se passait exactement dans ma tête. Un regard de prêtre ou de docteur.

— Vous avez peut-être raison, m'a-t-il dit. C'est un drôle de quartier...

Mes yeux se sont posés sur l'une des copies, devant lui. Je remarquai beaucoup de phrases soulignées au stylo bille rouge et, dans la marge, des points d'interrogation, de la même couleur rouge.

— Moi, ça fait très longtemps que j'habite dans le quartier... Je vis toujours dans l'ancien appartement de ma mère, boulevard Lefebvre... Du côté de l'église...

Au retour du cinéma, je passais devant cette église. Une église moderne dont je ne savais pas très bien, à cause de l'obscurité, si elle était

143

construite en béton ou en brique. C'était peut-être sa chambre dont je voyais chaque fois la lumière allumée.

— L'église s'appelle Saint-Antoine-de-Padoue. Elle ne pouvait pas s'appeler autrement.

Il me fixait d'un regard franc, et j'ai fini par baisser les yeux, de nouveau, sur la copie qu'il venait de corriger. J'imaginais, écrit dans la marge au stylo bille rouge : « Église Saint-Antoine-de-Padoue, elle ne pouvait pas s'appeler autrement. »

— Vous savez ce que l'on vient demander à saint Antoine de Padoue ? De retrouver les objets perdus.

Il me souriait comme s'il avait compris que j'avais perdu quelque chose. Je n'avais jamais été superstitieuse, mais si j'avais su à quoi servait saint Antoine de Padoue et qu'il y eût une église de ce nom à Londres, j'y serais allée prier pour qu'on me donne la photo.

— Près d'ici, rue des Morillons, vous avez un service où l'on rassemble tous les objets trouvés... Et puis, la fourrière, rue de Dantzig... C'est un quartier où l'on vient toujours chercher quelque chose.

En me donnant ces précisions, il n'avait pas le ton d'un guide qui vous fait visiter Paris, mais celui d'un professeur de philosophie. Et cette voix grave me mettait en confiance. J'aurais voulu lui parler des chevaux. Je ne trouvais pas les mots. J'avais peur de les prononcer.

— Et puis ça fait cent ans qu'on s'occupe des chevaux par ici...

Toujours cette voix calme. Et même un sourire comme si la chose allait de soi : s'occuper des chevaux.

— Quand j'étais petit, j'allais dans une école tout près d'ici... Ensuite, je suis entré au lycée Buffon. J'ai toujours habité dans ce quartier.

Depuis cent ans, avait-il dit. Alors, cela faisait des centaines et des centaines de milliers de chevaux qui étaient passés par le boulevard et la rue Brancion.

— Vous êtes toute pâle... Vous voulez boire quelque chose ?

Maintenant, son regard était indulgent comme si ma copie se trouvait là sur la table parmi les autres, et qu'il y avait écrit, avec son stylo bille rouge, la mention · « Pourrait mieux faire ».

Je lui ai répondu que tout allait bien. Simplement, j'avais mal dormi la nuit dernière.

— Qu'est-ce que vous faites de toutes vos journées ?

Sous ce regard, j'étais de nouveau une écolière qui venait de manquer la classe de l'après-midi pour aller au cinéma et je n'avais pas de mot d'excuse de mes parents. Il fallait que je trouve un mensonge et surtout que je le dise d'une voix ferme :

— Je me fais du souci parce que je cherche du travail.

— Je pourrais vous trouver du travail. Vous savez taper à la machine ?

Avant d'aller à Londres et d'entrer chez Barker's, j'avais appris à taper à la machine, dans une école Pigier du côté de la porte de Vincennes, quand j'habitais encore par là avec ma mère. Je lui ai dit que je savais taper et même prendre en sténo.

— Alors, je vais vous donner des textes. Nous sommes un petit groupe d'amis qui les écrivons ensemble.

Il me souriait d'un sourire de prêtre comme si je m'étais confiée à lui et qu'il jugeait bien anodins mes péchés.

— Peut-être ces textes vous intéresseront-ils. Nous poursuivons un travail de groupe, un enseignement... Je serais heureux si cela vous intéressait... Je vous prêterai ma machine à écrire...

La perspective d'avoir une occupation et de ne plus traverser sans but toutes ces journées vides me réconfortait brusquement. Je taperais à la machine, seule, tranquille, dans l'atelier, parmi les livres. Et même, en tapant, je pourrais écouter de la musique. Je travaillerais face à la baie vitrée qui donnait sur le jardin.

— Voilà une brochure que j'ai écrite moi-même. Vous vous rendrez compte de ce que peut être notre enseignement et de ce que vous allez taper à la machine.

Il a fouillé dans une serviette de cuir marron qui était posée au pied de sa chaise. Et il m'a tendu un petit livre, à la couverture vert pâle, où il était écrit : *Le rappel de soi*. Et au-dessus : MICHEL KÉROURÉDAN. Il m'a désigné le nom :

— Oui... C'est moi...

Il a voulu que je l'accompagne porte de Vanves à l'arrêt du car. Ce jour-là, son cours commençait au début de l'après-midi et il devait déjeuner dans le réfectoire du collège. Il marchait à côté de moi, sa serviette à la main, et j'ai été frappée par sa maigreur et sa haute taille et aussi par le contraste entre son costume strict et les spartiates qu'il portait sur des chaussettes noires. Nous nous sommes donné rendez-vous le lendemain à onze heures, au café. Il m'apporterait la machine à écrire et le texte à taper.

*

De retour dans l'atelier, j'ai voulu lire la brochure qu'il m'avait donnée. Je suis tombée sur une photo entre les pages. Je l'ai reconnu, en compagnie d'un homme aussi grand, aussi maigre que lui, à la campagne. Ils étaient debout, l'un à côté de l'autre, lui appuyé légèrement contre le tronc d'un arbre. L'autre homme tenait un livre ouvert et semblait le lire à haute voix. Tous deux avaient le front large, le visage grave. Au dos de la photo, il était écrit : « Michel — Gianni. Avril-mai, à Recoulonges. » J'ai senti monter en moi une bouffée de tristesse et de rancœur. Pourquoi avais-je trouvé dans ce livre la photo de ces deux types que je ne connaissais pas, alors que la seule photo qui aurait compté pour moi avait disparu pour toujours ?

Au bout de quelques pages, j'ai interrompu ma lecture. Je n'avais jamais ouvert un livre de philosophie et j'avais de la peine à fixer mon attention. D'après ce que je croyais comprendre, il s'agissait d'un enseignement qui vous permettait d'accéder à la sagesse. Le maître était un certain docteur Bode. En effet, au début des chapitres, quelques phrases revenaient souvent : « Quand on demandait au docteur Bode le sens de son enseignement... », « À l'une des réunions suivantes, le docteur Bode avait abordé la question... », « Le docteur Bode avait l'habitude de prendre pour exemple... ». Ce Michel Kérourédan connaissait-il personnellement le docteur Bode ? Dans les quelques pages que j'avais lues, il ne le disait pas d'une manière claire. En tout cas, d'après Michel Kérourédan, la vérité et la sagesse sortaient de la bouche de cet homme et il fallait suivre son enseignement. J'étais étonnée par une telle attitude et je me rappelais que dans les classes de l'école communale, puis du lycée Hélène-Boucher, je n'accordais pas beaucoup d'attention à ce que disaient les professeurs. Et même avant, je m'étais toujours endormie au cours de caté-chisme. À ma grande honte, je m'apercevais tout à coup que je ne m'étais jamais posé de questions sur le sens de la vie. Je me contentais de vivre au jour le jour en recherchant souvent le plaisir. Au début, dans mon enfance, c'était d'avoir une pièce de cent francs pour acheter à la boulangerie Nédelec une glace à la pista-che ou de monter à la Foire du Trône dans le Grand Huit parce que j'aimais avoir le vertige. Plus tard, du temps de René, nous allions sur la plage vers onze heures du matin et l'après-midi je me retrouvais avec lui dans une cham-bre fraîche aux persiennes fermées. En été, j'ai-mais aussi être assise très tôt le matin, à la terrasse d'un café, au soleil, quand il n'y avait encore personne. J'aimais lire des romans poli-ciers et écouter de la musique. Et j'avais un fai-ble pour les chiens et les chevaux. Oui, avant le départ de René et cette sale histoire de photo, je ne me posais pas beaucoup de ques-tions. J'ai refermé le livre. La photo avait glissé sur le lit et je l'ai de nouveau regardée. Ce Ké-rourédan parlait comme un professeur. Il m'écoutait avec attention, mais ce que j'étais, tout simplement, à fleur de peau, n'avait certai-nement pas beaucoup d'importance pour lui. En somme, il commencerait à s'intéresser à moi si j'acceptais de suivre ce qu'il appelait « notre enseignement ». J'essayais de voir, sur la photo, si l'autre portait lui aussi des spartiates. C'était étrange comme ils se ressemblaient... Ce type qui s'appelait Gianni devait recevoir l'enseignement. Sur la photo, ils avaient l'air de prêtres tous les deux, mais je trouvais quand même qu'ils prenaient des poses, Kérourédan appuyé contre l'arbre, le menton en avant. et l'autre très droit, le visage penché sur son livre Peut-être était-ce le même livre que le mien, *Le rappel de soi*. Je me suis demandé s'il y avait des femmes dans leurs vies ou s'ils habitaient chacun tout seul dans une chambre qui ressemblait à une cellule de moine et si l'amitié leur suffisait. Est-ce que leur enseignement laissait une place à l'amour ? Je feuilletais distraitement *Le rappel de soi* sans y trouver le mot Amour, ni le mot Bonheur. Je me promettais d'en faire une lecture plus attentive mais cet après-midi-là je n'en avais pas le courage.

*

Le lendemain, il est arrivé dans le café avec du retard, quelques instants avant que la « compagnie du téléphone » ne vienne occuper toutes les tables. Nous devions parler très fort pour nous entendre au milieu du brouhaha. Il m'avait apporté la machine à écrire, une petite machine portative recouverte d'un étui de plastique gris. Et un texte d'une trentaine de pages, d'une écriture très régulière à l'encre bleue sans aucune rature, et qui avait pour titre : *Le travail sur soi.*

Il m'a demandé si j'avais lu la brochure. Je lui ai répondu que je ne l'avais pas encore finie, mais qu'elle était très intéressante. Il me fixait de son regard profond et attendait que je lui en dise plus. J'ai bredouillé que je lisais lentement, en essayant de comprendre chaque phrase, parce que je n'avais pas l'habitude de la philosophie.

— Il ne s'agit pas de philosophie, m'a-t-il dit, mais d'un enseignement pour apprendre à mieux vivre... Quelques règles de discipline... Et si vous y consacrez un minimum d'attention, vous verrez que c'est très clair.

Peut-être finirait-il par me convaincre. J'étais dans une telle incertitude depuis mon arrivée à Paris que j'aurais bien aimé recevoir des conseils et que l'on m'indique un chemin à suivre. Mais ce type, en face de moi, dans ce café où l'on avait de la peine à s'entendre parler, pouvait-il me venir en aide ? Est-ce que j'avais vraiment besoin d'une discipline ? En quoi consistait, au juste, le « travail sur soi » ? Dehors, je tenais à la main la machine à écrire et j'avais enfoncé dans la poche de mon imperméable le texte qu'il m'avait donné. Lui, il portait sous son bras sa serviette marron qui n'avait plus de poignée. Nous suivions la rue Castagnary, tran-

quille et silencieuse. Elle était bordée de maisons basses que l'on allait sans doute détruire
prochainement et l'on aurait pu se croire dans
une petite ville de garnison où l'on entend le
matin le bruit des sabots, mais c'est un esca-
dron qui passe et les chevaux ne vont pas à
l'abattoir.

— Prenez tout votre temps pour taper ce
texte, m'a-t-il dit. Le principal c'est qu'il puisse
vous familiariser avec notre enseignement.

Il m'a souri, de nouveau.

— Mais je ne veux pas que vous travailliez
pour rien...

Il a sorti de la poche intérieure de sa veste
un portefeuille qui n'était pas aussi épais que
ceux des marchands de chevaux de la rue Brancion et il m'a tendu un billet de cent francs
plié en quatre. J'ai hésité à le prendre.

— Ce n'est pas mon argent, m'a-t-il dit, c'est
l'amie chez qui nous nous réunissons qui me
l'a donné pour vous. Je lui ai parlé de vous.

Après tout, pourquoi aurais-je eu du scrupule
à accepter cet argent ?

— Quand vous aurez fini votre travail, je
pense que ce serait bien pour vous d'assister à
l'une de nos réunions.

Elles avaient lieu au moins une fois par semaine, dans l'appartement de cette femme
dont il m'avait parlé. Ils étaient six ou sept
pour les séances de « travail sur soi », le titre,
justement, du texte qu'il m'avait donné à taper.

— Vous aimeriez travailler avec nous ?

Sa voix était si douce que j'ai eu la certitude que ce type me voulait du bien. Il a sorti de la poche de son manteau un paquet de cigarettes et me l'a tendu. Un paquet de Gauloises bleues.

— Tenez. Pour vous donner du courage.

Je n'ai pas osé refuser et lui expliquer que je ne fumais pas.

— Alors, ça vous dirait de vous joindre à nous ? m'a-t-il demandé d'un ton familier, un peu autoritaire, non plus celui d'un prêtre, mais d'un professeur de gymnastique.

Je lui ai répondu oui. Pour rompre sa solitude, on est prête à accepter n'importe quoi.

— J'en suis très heureux. Je vous en parlerai plus longtemps la prochaine fois.

Il devait prendre son car, porte de Vanves. Il m'a donné rendez-vous au café, pour le lundi suivant, à l'heure habituelle. Il est monté dans le car après m'avoir fait un signe de la main. J'avais remarqué qu'il ne portait plus de spartiates mais des chaussures noires à lacets.

*

J'ai passé trois jours à taper le texte à la machine. Je travaillais un peu le matin et dans l'après-midi, jusqu'à cinq heures. Je n'avais rien oublié de ce que l'on m'avait appris au cours Pigier. Au début, je mettais de la musique —

un enregistrement de guitares hawaïennes que j'avais découvert parmi les disques de l'Autrichien. Mais bientôt, j'ai décidé de travailler dans le silence pour essayer de bien comprendre ce que je tapais. Certaines phrases que j'avais déjà lues sans y prêter grande attention dans *Le rappel de soi*, je les retrouvais dans *Le travail sur soi*. Kérourédan m'avait expliqué qu'ils avaient mis au point ce dernier texte à plusieurs — un travail de groupe, comme il disait. Mais cette écriture régulière à l'encre bleue, je l'avais déjà vue, c'était la sienne, l'écriture avec laquelle il corrigeait les copies de ses élèves. Je tapais lentement, et les mêmes mots revenaient à longueur de pages. Nous vivions — paraît-il — comme des somnambules. Tous les gestes de notre vie étaient mécaniques et, à cause de cela, ils n'avaient pas la moindre valeur. NOUS VIVIONS DANS LE SOMMEIL. Si nos gestes, nos pensées et nos sentiments devenaient mécaniques, c'est que nous nous limitions à un tout petit nombre de « poses » et de mouvements qui nous enfermaient dans un carcan. Il fallait donc sortir de cet état et cela ne pouvait se faire que par le « rappel de soi ». Mais j'avais beau m'arrêter de taper pour relire chaque phrase, je ne comprenais pas très bien en quoi consistait cet exercice. Le « rappel de soi » qui se nommait aussi « travail sur soi » ou « travail » tout court, ils devaient certainement le pratiquer pendant leurs réunions. J'en saurais plus le jour où Kérourédan m'emmènerait à l'une d'elles.

Le premier jour, après mon travail, je suis sortie vers cinq heures et, tout le long de la rue de Vaugirard, l'angoisse que j'éprouvais d'habitude, à cette heure-là, avait disparu. J'ai pris le métro à la station Convention jusqu'à Montparnasse et j'étais parfaitement calme. Puis j'ai marché jusqu'au quartier Latin J'ai retrouvé les groupes d'étudiants sur le trottoir du boulevard Saint-Michel, dont la pente m'a semblé soudain très douce à suivre. De nouveau, j'étais dans mon état normal comme les premiers après-midi à Paris avant de comprendre ce que signifiait le bruit des sabots. J'étais rassurée de voir tomber la nuit et s'allumer la terrasse du café de Cluny et l'entrée des cinémas.

Rue Monsieur-le-Prince, j'ai remarqué une librairie qui s'appelait Le Zodiaque et à la devanture de laquelle il était indiqué : OCCULTISME, MAGIE, ÉSOTÉRISME HISTOIRE DES RELIGIONS. Je suis entrée. Les livres étaient rangés par noms d'auteurs, dans l'ordre alphabétique. À la lettre K, je suis tombée sur la brochure que m'avait donnée Kérourédan, *Le rappel de soi.* Cette découverte m'a causé une surprise et un sentiment fugitif de bien-être. En somme, j'avais un travail qui me permettait d'occuper mes après-midi vides et l'impression de participer à quelque chose d'important.

*

Quand je suis arrivée place d'Alleray, à dix
heures du matin, il était déjà assis à une table
du café et il corrigeait ses copies. Il s'est levé
pour me saluer. Il m'a souri. Sur le chemin,
j'avais acheté une grande enveloppe et j'y avais
mis les feuilles dactylographiées et celles écrites
à l'encre bleue. Il a examiné très vite les feuilles dactylographiées, une par une, puis il a
rangé le tout dans sa serviette.

— Vous n'avez pas eu trop de mal à taper ?

Je lui ai dit que non. J'espérais qu'il n'y avait
pas de fautes d'orthographe. Plusieurs copies
étaient éparpillées sur la table avec leurs corrections à l'encre rouge, et je me suis demandé
s'il utilisait pour ses corrections les mêmes
mots que ceux qui revenaient sans cesse dans le
texte que j'avais tapé. Rappel de soi, sommeil,
mécanique, somnambule, groupe, pose, travail,
mouvement... À la fin, tous ces mots me donnaient le vertige.

— Et vous avez un peu compris le sens de
notre travail ?

Il me l'avait dit avec un mélange de condes-
cendance et de gentillesse, comme si je n'étais
pas encore tout à fait digne de « travailler »
dans leur « groupe ».

Il fallait que je me montre bien docile et attentive, et je pouvais avoir bon espoir.

Il me regardait droit dans les yeux en silence. Si un autre homme m'avait regardée aussi fixement, j'aurais éprouvé une gêne. Mais Kérourédan n'était pas de ceux qui vous pressent la main et essayent de vous embrasser. Avait-il été amoureux d'une femme dans sa vie ?

— Vous pourriez venir après-demain à notre réunion ?

J'ai été surprise qu'il me le propose si tôt. Je croyais que les choses se faisaient lentement et qu'une « période d'essai » était obligatoire avant qu'un nouveau venu puisse participer au « travail » de groupe. Je l'avais lu dans le texte qu'il m'avait donné à taper. « Période d'essai. » Ce mot revenait souvent.

— Nos réunions se passent dans le quartier, tout près d'ici, chez cette femme dont je vous ai parlé. Elle dirige notre groupe de travail. C'est une amie du docteur Bode...

Le nom du docteur Bode revenait lui aussi presque à chaque paragraphe du texte dont je venais de lui apporter la dactylographie. Il avait l'habitude de dire à ses disciples : « Vous vous oubliez toujours... Il faut que vous vous rappeliez vous-mêmes... Vous devez vous éveiller... » À mesure que je tapais, il me semblait entendre sa voix, une voix très sourde. J'essayais de l'imaginer. À mon avis, c'était un homme au regard clair, dont les mains vous caressaient et apaisaient votre angoisse. Je n'osais pas le dire à

Kérourédan de crainte de le décevoir, mais j'étais une sentimentale et même ce qu'on appelle d'un mot qui m'a toujours paru gracieux : une midinette.

— Et vous, lui ai-je demandé, vous connaissez le docteur Bode ?

— Je lui ai été présenté au début de l'année par cette femme chez qui je vais vous emmener... Geneviève Peraud...

Il m'a donné d'autres détails. Le docteur Bode avait habité Paris. Maintenant, il voyageait beaucoup. Il s'était fixé à San Diego, en Californie. Mais il venait souvent en Europe pour s'occuper des groupes. À Paris, en Suisse et en Angleterre. Il m'a dévisagé un moment comme s'il hésitait à me dire quelque chose d'important. Puis il s'est décidé :

— Il y aura une réunion le mois prochain avec le docteur Bode... toujours chez Geneviève... Elle acceptera peut-être de vous le présenter... Cela dépendra.

Il voulait sans doute me faire comprendre que l'on ne pouvait pas être présenté au docteur Bode du premier coup. J'étais à l'essai. La réunion du lendemain déciderait de mon sort. On me ferait peut-être passer un examen.

Il a rassemblé ses copies et les a rangées dans sa serviette. Et il en a sorti une enveloppe.

— Pour vous... de la part de Geneviève Peraud.

C'était une somme d'argent que Geneviève Peraud me versait d'avance pour d'autres travaux de dactylographie qu'il me donnerait régulièrement. Environ deux ou trois textes par mois. Ils serviraient à leurs réunions. Cela signifiait que j'étais déjà considérée comme un membre du groupe. Il avait parlé de moi en termes favorables à Geneviève Peraud, et celle-ci était prête à me faire confiance. Il était d'usage de verser une somme d'argent chaque mois aux membres des groupes qui n'avaient pas de moyens de subsistance, de sorte qu'ils puissent travailler à plein temps pour les réunions.

Je lui ai dit que j'étais vraiment embarrassée d'accepter de l'argent, mais je n'ai pas voulu lui dévoiler le fond de ma pensée : les six cents francs par mois que je gagnais chez Barker's m'avaient fait comprendre qu'on ne vous donne jamais de l'argent pour rien. Cette Geneviève Peraud ne serait-elle pas aussi exigeante que les patrons de chez Barker's ?

— Vous devez accepter. C'est une preuve de confiance que vous donne Geneviève.

Alors, j'ai mis l'enveloppe dans ma poche et j'ai éprouvé un soulagement. S'ils voulaient me prendre en charge... J'avais été si seule au cours de ces derniers mois à Paris, et à Londres après le départ de René... et puis la perspective de taper à la machine pour cette Geneviève Peraud m'a semblé moins pénible que ne l'était mon travail chez Barker's.

— Je vous ai aussi apporté un livre du docteur Bode... Vous lisez l'anglais ?

— Oui.

Il m'a tendu un livre cartonné sur la jaquette noire duquel j'ai lu : V. Bode, *In Search of Light and Shadow.* Au dos, la photo d'un homme d'une quarantaine d'années, un brun au regard clair, tel que je l'avais imaginé.

— Ça se lit beaucoup plus facilement que les deux textes que vous avez déjà eus entre les mains... C'est ce livre que j'aurais dû vous donner en premier... Le docteur Bode raconte son itinéraire, tout simplement, comme il l'a vécu...

Il me souriait. Et pour la première fois, depuis mon arrivée à Paris, je me sentais vraiment apaisée. Il suffisait de se laisser aller et de faire la planche. Et de me dire que j'étais tombée sur des gens qui me voulaient du bien et auxquels je pourrais me confier. Ils me donneraient des conseils. Je ne serais plus toute seule à crever d'angoisse dans mon coin et à hésiter aux carrefours. Ils me soulageraient. Ils m'indiqueraient le chemin. C'est cela dont j'avais besoin. De guides.

Il m'a proposé de le raccompagner jusque chez lui. Ce jour-là, il ne prenait pas le car pour donner son cours de philosophie. Mais il devait encore corriger des devoirs. Il remplaçait un professeur absent. Il m'a dit que c'était vraiment un drôle de collège où il arrivait qu'un professeur disparaisse du jour au lendemain. Alors, les autres le remplaçaient et se partageaient entre un cours de mathématiques dans une classe et, dans une autre, un cours d'anglais ou de géographie. Les professeurs manquaient souvent des diplômes nécessaires, mais on n'était pas très exigeant dans ce collège. Lui non plus n'avait pas pris le temps de terminer sa licence. Il avait découvert l'enseignement du docteur Bode, et cela valait bien toutes les agrégations de philosophie du monde.

Il me parlait sur le ton de la confidence. Peut-être étais-je devenue pour lui une amie et une égale, puisque j'allais assister à l'une de leurs réunions.

— Geneviève m'a conseillé d'abandonner mes cours dans ce collège et de travailler à plein temps pour le groupe...

Mais il avait du scrupule à abandonner son poste de professeur. Il était assez bien payé, et il valait mieux que ce soit des jeunes comme moi que le groupe prenne en charge.

Nous marchions le long du boulevard Lefebvre, d'un pas lent, celui que nous aurions pris sur une promenade de bord de mer.

— Et vous ? m'a-t-il demandé. Quels sont vos états d'âme ?

C'était la première fois qu'il me posait une

question personnelle. Mais moi je n'étais pas très portée à faire des confidences.

— Je n'ai pas d'états d'âme, lui ai-je dit.

— C'est bien. C'est une réponse qui aurait plu au docteur Bode.

Nous étions arrivés devant l'église Saint-Antoine-de-Padoue. Il m'a désigné l'un des blocs d'immeubles qui entouraient celle-ci.

— J'habite là... au premier étage...

Était-ce la fenêtre que je voyais allumée, au retour du cinéma ?

Devant la porte de l'immeuble, il a posé sa serviette marron pour me serrer la main.

— La meilleure solution, m'a-t-il dit, c'est que vous veniez me chercher demain soir à sept heures dix, à la gare Montparnasse, au train de Versailles, et je vous emmènerai chez Geneviève Peraud. Rappelez-vous. Sept heures dix.

L'après-midi, dans l'atelier, j'ai commencé à lire *In Search of Light and Shadow*. J'avais craint que cette lecture en anglais me rappelle Londres et René. Mais à mesure que je tournais les pages, je me laissais envahir par une légère euphorie, comme si les mots du docteur Bode me persuadaient que je pouvais vivre au présent et que j'avais même un avenir devant moi.

C'était beaucoup mieux écrit que le texte de Michel Kérourédan et que celui que j'avais tapé. Le docteur Bode, dans son livre, n'utilisait pas tous ces termes savants, rappel de soi, travail sur soi, poses, mouvements, ni la formule qui revenait souvent aussi dans les deux textes et que je tapais chaque fois à la machine sans la comprendre : « Clé d'octave ». Il racontait simplement les doutes et les angoisses de sa jeunesse, qui n'étaient pas différents des miens. Et la manière dont il avait réussi à les surmonter. Je n'avais pas le sentiment de lire, mais celui d'écouter une voix familière qui me chuchotait à l'oreille. Le docteur Bode était né à Lambeth, un quartier pauvre de Londres que je ne connaissais pas, sauf pour en avoir vu quelques rues de la fenêtre d'un train, juste avant d'arriver à la gare de Waterloo.

*

À dix-neuf heures dix précises, j'ai eu peur que Michel Kérourédan disparaisse dans le flot des voyageurs qui descendaient du train de Versailles-Chantiers. Mais j'ai fini par le repérer de loin à cause de sa taille et de cette façon particulière de porter sa grosse serviette marron sans poignée, comme si c'était un chien ou un enfant.

Nous avons pris le métro. Nous étions debout, les uns serrés contre les autres, mais cette fois-ci je n'éprouvais plus la moindre panique. Quelqu'un m'accompagnait, et le livre du docteur Bode que j'avais fini, tard dans la nuit, m'avait apporté un grand calme. Nous sommes descendus à la station Convention. Kérourédan m'a dit que Geneviève Peraud habitait tout près, au début de la rue Dombasle.

Par la suite, je me suis souvent rendue chez Geneviève Peraud en faisant des détours de plus en plus compliqués pour éviter les abattoirs et les rues où je craignais que se trouvent les écuries des marchands de chevaux. Je me souviens que je coupais juste après le cinéma Versailles par un sentier bordé d'arbres dont les feuillages formaient une voûte et qui longeait peut-être le mur de l'hôpital de Vaugirard. J'ai le souvenir d'un sentier aux odeurs de tilleul. Les années suivantes et jusqu'à maintenant, je n'ai plus jamais eu l'occasion de revenir dans ce quartier. Les abattoirs ont disparu. Il doit rester encore la fourrière, le dépôt des objets trouvés et l'église Saint-Antoine de Padoue. Et quand j'y pense, il me semble aussi que c'était le seul quartier où je pouvais rencontrer Geneviève Peraud et le docteur Bode.

L'immeuble portait les numéros 5 et 7. Un immeuble clair, étroit, en léger renfoncement, séparé de la rue par une grille et une petite cour. Nous sommes entrés à droite par la porte du numéro 7. Kérourédan m'a précédée dans l'escalier, soutenant des deux mains sa serviette marron. Depuis tout ce temps, j'ai oublié l'étage exact. L'un des derniers. Kérourédan a sonné trois coups.

C'est Geneviève Peraud qui est venue nous ouvrir. Une brune dont les cheveux étaient ramenés en chignon. Son visage m'a d'abord paru sévère, à cause de la pénombre de l'entrée. Nous avons suivi un couloir et vers le fond, à gauche, nous sommes entrés dans une pièce éclairée par des lampes à pied. Une lumière chaude et étouffée. Les rideaux étaient tirés. Un homme s'est levé. J'ai reconnu, à sa haute taille, celui qui se trouvait sur la photo en compagnie de Michel Kérourédan, en « avril-mai, à Recoulonges ». Il est resté un instant immobile, presque dans la même position qui était la sienne, sur la photo, quand il tenait ouvert son livre. Puis il a fait un signe du bras à Michel Kérourédan et s'est tourné vers moi.

— Je m'appelle Gianni... Je suis très content de vous voir...

Il avait une voix plus grave que celle de Kérourédan. Je lui ai serré la main, sans lui dire mon nom. Il flottait dans un vieux costume de velours gris.

Geneviève Peraud m'a souri. Elle m'a semblé plus jeune que dans l'entrée, et le chignon strict contrastait maintenant avec la douceur du visage. Son sourire léger, mystérieux, m'enveloppait comme son regard. Des yeux verts. Elle portait une robe chemisier couleur bordeaux.

Aucun bijou. Aucune bague. Sauf une chaîne au poignet.

— Michel m'a dit beaucoup de bien de vous... Et je vous remercie du travail que vous avez fait pour nous...

Elle parlait d'une voix claire, avec un léger accent parisien. Michel Kérourédan et Gianni s'étaient assis en tailleur sur le tapis de laine.

— Asseyez-vous, m'a-t-elle dit, toujours avec son sourire.

Et elle me désignait le tapis. Il n'y avait d'ailleurs aucun siège dans cette pièce, sauf là-bas, entre les rideaux tirés et le bureau de bois sombre, un fauteuil au dossier de cuir.

Elle s'est assise elle aussi en tailleur, le buste très droit. Là, sur le tapis, nous formions un cercle tous les quatre, comme si nous étions sur le point de jouer à un jeu dont je ne connaissais pas encore les règles.

— Nous allons faire une lecture, a dit Geneviève Peraud de sa voix claire. Quelque chose de simple et d'essentiel pour fêter l'arrivée de notre nouvelle amie.

Michel Kérourédan a ouvert sa serviette marron qu'il avait posée à côté de lui et en a sorti plusieurs feuillets. Il les a tendus à Gianni.

— C'est toi qui vas lire, a-t-il dit.

Gianni a commencé à lire d'une voix lente et bien timbrée qui aurait pu être celle d'un acteur du théâtre classique. J'ai reconnu un passage du livre du docteur Bode. Il racontait un rêve qu'il avait fait, vers onze ans. Jusque-là il avait été un enfant comme tous les autres enfants de Lambeth, avec des parents qui ressemblaient aux autres parents. Il se confondait avec la couleur brique des maisons, la grisaille des entrepôts, les flaques d'eau des trottoirs. Cette nuit-là, il avait rêvé qu'il survolait le quartier à basse altitude, si bien qu'il pouvait reconnaître de là-haut, les passants, les chiens, les immeubles où habitaient ses camarades, tous les carrefours qui lui étaient familiers. C'était un dimanche matin et il avait même vu son père accoudé à la fenêtre. Et tout autour, les autres quartiers de Londres, le dédale des rues, le grouillement de foules et de voitures jusqu'à l'infini.

Gianni lisait de plus en plus lentement. Il laissait des silences entre les phrases, si bien que ce texte prenait le rythme d'un poème. La voix devenait sourde, elle n'était plus qu'un murmure qui me berçait. Geneviève Peraud, le buste toujours aussi droit, me fixait de ses yeux verts et m'enveloppait de son sourire énigmatique. Ses mains caressaient la laine du tapis, des mains fines, longues, aux ongles coupés ras. Kérourédan gardait la tête basse, les bras croisés. Gianni a achevé sa lecture, et un silence a pesé sur nous comme si les deux autres voulaient encore capter l'écho de sa voix et peut-être, à travers elle, la voix du docteur Bode

— Dites-moi si, dans le texte que vous avez tapé, quelque 'ose vous a semblé obscur ? m'a demandé Geneviève Peraud.

Sa voix exprimait tant de sollicitude à mon égard que cette question m'a encore plus intimidée. Il fallait à tout prix que je trouve une réponse. J'ai fini par bredouiller :

— Je n'ai pas très bien compris « la clé d'octave ».

Les deux autres s'étaient tournés vers moi et me considéraient avec bienveillance. Kérourédan fouillait dans sa serviette et sortait le texte que j'avais tapé, peut-être pour vérifier ce qu'il était écrit sur « la clé d'octave ».

— C'est très simple... Je vais vous expliquer...

Et les yeux verts de Geneviève Peraud m'hypnotisaient peu à peu. Je ne l'écoutais plus, je contemplais le mouvement de ses lèvres, ses doigts qui caressaient machinalement la laine du tapis. Je n'entendais qu'un seul mot qu'elle prononçait souvent : Harmonie.

Elle s'est arrêtée de parler et j'ai acquiescé de la tête.

— Voilà... Vous savez à peu près tout sur la clé d'octave, m'a dit Gianni. Encore des questions ?

— Je crois que cela suffit pour ce soir, a dit Geneviève Peraud.

Elle s'est levée d'un mouvement souple et elle a quitté la pièce. Les deux autres restaient toujours assis en tailleur. Et moi, je n'osais pas bouger.

— Alors, vous êtes contente de notre première réunion ? m'a demandé Kérourédan.

L'autre feuilletait les pages que j'avais dactylographiées.

— Vous tapez très bien, m'a-t-il dit. Je crois que vous allez devenir la secrétaire des groupes.

— Beaucoup plus que la secrétaire, a dit Kérourédan.

Il a allumé une Gauloise. J'ai été étonnée qu'on puisse fumer pendant les réunions. J'avais imaginé tout un cérémonial.

Geneviève Peraud est revenue dans le salon. Elle portait un plateau qu'elle a posé sur le tapis, au milieu de nous. Elle a rempli à moitié les quatre tasses. Du thé à la menthe, mais avec une saveur particulière que je ne connaissais pas, comme si elle y avait ajouté en secret quelque chose.

Ils buvaient lentement, sans parler. Je regardais autour de moi. À gauche du bureau, les rayonnages de la bibliothèque occupaient tout le coin de la pièce. Des livres aux reliures anciennes. Au bas de la bibliothèque, un divan recouvert de velours gris. Une ampoule à l'abat-jour rouge, fixée à l'un des rayonnages, projetait sur le divan une lumière très vive. J'ai pensé que Geneviève Peraud devait s'allonger là pour lire. Et peut-être aussi le docteur Bode, quand il était à Paris.

Ils se sont levés. Michel Kérourédan et Gianni ont serré chacun la main de Geneviève Peraud, d'une façon un peu cérémonieuse, en lui disant qu'ils assisteraient à la réunion de vendredi soir. Je m'apprêtais à prendre congé et à les suivre, mais Geneviève Peraud m'a fait signe de rester.

Michel Kérourédan m'a dit au revoir, à vendredi ou peut-être avant, au café. Il serrait déjà contre lui sa grosse serviette marron. Elle les a accompagnés jusqu'à la porte de l'entrée. J'attendais debout, seule, au milieu de la pièce. La porte a claqué. Geneviève Peraud était de nouveau à côté de moi, m'enveloppant de son sourire et de ses yeux verts.

— Détendez-vous, mon petit... Vous avez l'air tellement triste... Allongez-vous sur le divan...

Je n'avais jamais entendu une voix aussi apaisante. Je me suis allongée sur le divan. Elle, elle s'est assise derrière le bureau.

— Laissez-vous aller... Fermez les yeux...

Je l'entendais ouvrir un tiroir, le refermer. Puis elle est venue éteindre l'ampoule de la bibliothèque. Maintenant, nous étions dans la demi-pénombre, elle assise à côté de moi, sur le divan. Elle me massait doucement le front, le dessus des sourcils, les paupières, les tempes.

J'avais peur de m'endormir et de lui confier dans mon sommeil ce que je gardais pour moi depuis si longtemps : René, le chien, la photo perdue, les abattoirs, le bruit des sabots qui vous réveille très tôt le matin. Et voilà que je me retrouvais sur un divan, au 7 de la rue Dombasle. Ce n'était pas un hasard. Si je voulais en savoir davantage sur la vie, sur ses lumières et sur ses ombres — comme le disait le docteur Bode — il me faudrait rester quelque temps encore dans le quartier.

DU MÊME AUTEUR

Aux Éditions Gallimard

LA PLACE DE L'ÉTOILE (Folio n° 698).

LA RONDE DE NUIT (Folio n° 835).

LES BOULEVARDS DE LA CEINTURE (Folio n° 1033).

VILLA TRISTE (Folio n° 935).

EMMANUEL BERL, INTERROGATOIRE.

LIVRET DE FAMILLE (Folio n° 1293).

RUE DES BOUTIQUES OBSCURES (Folio n° 1358).

UNE JEUNESSE (Folio n° 1629 et Folio Plus n° 5).

DE SI BRAVES GARÇONS (Folio n° 1811).

QUARTIER PERDU (Folio n° 1942).

DIMANCHES D'AOÛT (Folio n° 2042).

UNE AVENTURE DE CHOURA, *illustrations de Dominique Zehrfuss.*

UNE FIANCÉE POUR CHOURA, *illustrations de Dominique Zehrfuss.*

VESTIAIRE DE L'ENFANCE (Folio n° 2253).

VOYAGE DE NOCES (Folio n° 2330).

UN CIRQUE PASSE (Folio n° 2628).

DU PLUS LOIN DE L'OUBLI (Folio n° 3005).

DORA BRUDER (Folio n° 3181).

DES INCONNUES.

En collaboration avec Louis Malle :

LACOMBE LUCIEN scénario.

En collaboration avec Sempé :

CATHERINE CERTITUDE.

Aux Éditions P.O.L.

MEMORY LANE, *en collaboration avec Pierre Le Tan.*

POUPÉE BLONDE, *en collaboration avec Pierre Le Tan.*

Aux Éditions du Seuil

REMISE DE PEINE
FLEURS DE RUINE.
CHIEN DE PRINTEMPS

Aux Éditions Hoebeke

PARIS TENDRESSE, *photographies de Brassaï.*

Aux Éditions Albin Michel

ELLE S'APPELAIT FRANÇOISE..., *en collaboration avec Catherine Deneuve.*

Composition Nord Compo.
Impression Société Nouvelle Firmin-Didot
à Mesnil-sur-l'Estrée, le 27 novembre 2000.
Dépôt légal : novembre 2000.
1ᵉʳ dépôt légal dans la collection : août 2000.
Numéro d'imprimeur : 53634.

ISBN 2-07-041276-8/Imprimé en France.